Kadokawa Fantastic Novels
綾里惠史
鵜飼沙樹
fremdatorturchen
異世界拷問姬
6

法麗西莎・烏拉・荷斯托拉斯特

✦✦✦✦ 最終決戰
琉特
薇雅媞・烏拉・荷斯托拉斯特

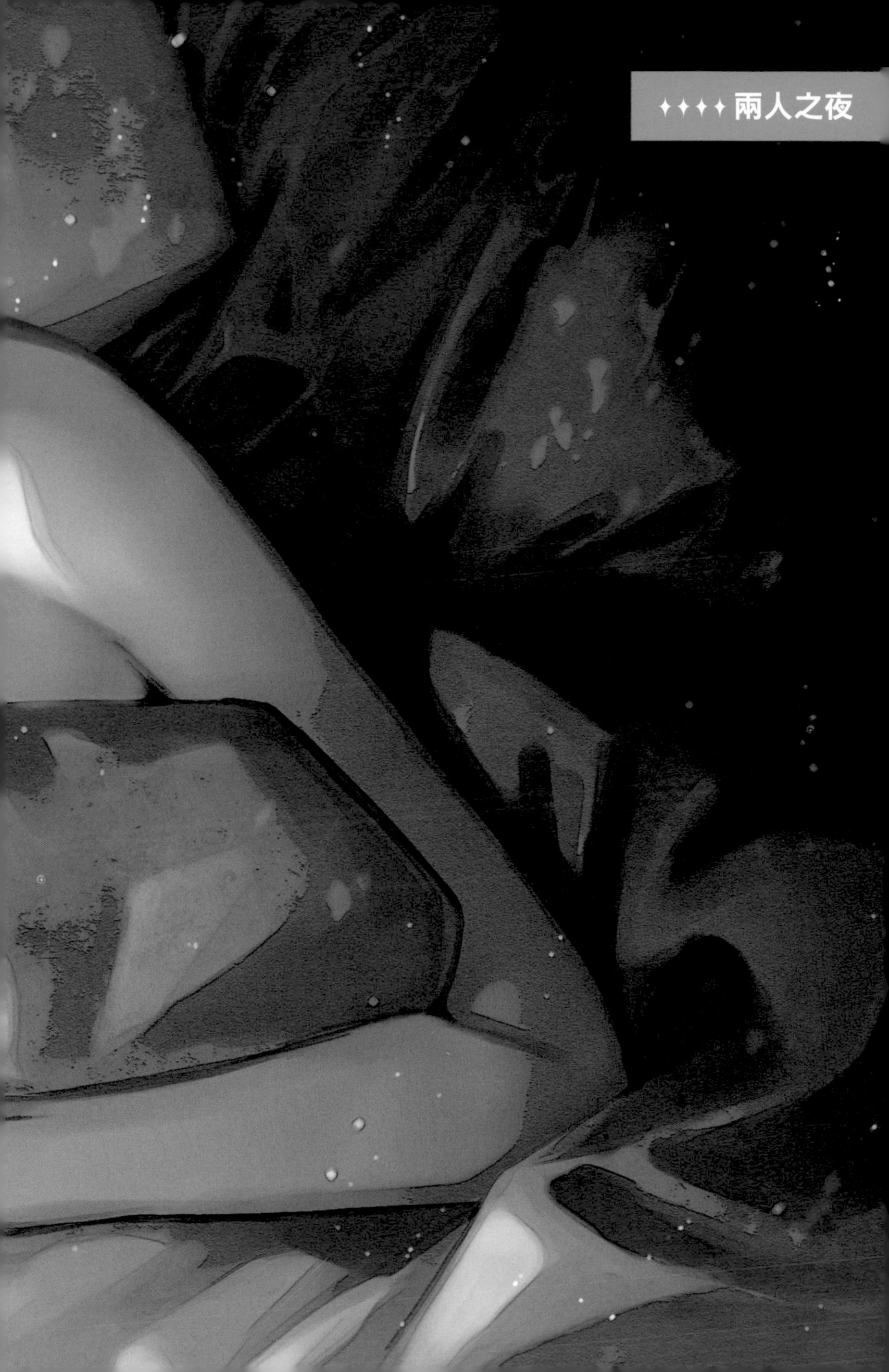
✦✦✦✦ 兩人之夜

✦✦✦✦ 獨自一人

✦✦✦✦ 「瀨名櫂人」的日記

才剛想說是晴天，有的地方卻又湧出黑雲跟隨從兵的怪天氣。氣溫略低？
與惡魔的戰鬥「正值高潮」的感覺吧？

這本書這樣又那樣地被小雛塞到手中，所以我想說那就寫篇日記吧。
想不到會把伊莉莎白跟「肉販」，還有貞德都將小雛斷掉沒寫的日記
接著寫了下去。像這樣再次輪到自己後，我不可思議地害羞了起來。
肉販所寫的「就是因為這樣，我希望至少認識的人能盡量歡笑」這一段話，
我覺得自己相當能體會。
那傢伙背叛了一切。正因如此，我覺得也會有認真寫下的部分吧。
貞德也很有她自己的風格，讀了日記後，也能曉得她從當時就很在意
伊莎貝拉了呢。至於伊莉莎白……可以推測出她寫下日記的那時，
是真心打算就那樣被處死的。
「因為櫂人【會】很有精神地回到妳身邊喔。」是什麼啊。
妳才是要很有精神地回來啦。
嗯，我也覺得這變成毫無重點、對初次閱讀的人來說什麼都
傳達不到的日記。話說回來，這可以稱為日記嗎？
不過老實說，我覺得這樣就行了。
我只希望閱讀這篇記述的人務必記住一件事。

我曾在這裡。
我重要的人們也曾經在這裡。
只有這件事請務必不要忘記。
不論之後會發生什麼事。

今日餐點………………蜂蜜與樹實、還有放上起士的餅乾、香草沙拉、酒。
伊莉莎白大人的反應………………希望那傢伙有朝一日還能喝到喜歡的酒。
今天的愚鈍的隨從大人………嗯～我覺得不需要這個項目。
今天的愚鈍的隨從大人2………本來的名稱是「今日的櫂人大人」，但被換掉了。

那麼，我的日記就到此結束吧。
數小時後，早晨會不由分說地到來。

異世界拷問姫

綾里惠史
Keishi Ayasato

鵜飼沙樹
illust.Saki Ukai

6

Kadokawa Fantastic Novels

fremd torturchen ✦ contents

某文官的紀錄

fremdtorturchen

這是吾等敗北的紀錄，也是至今仍持續著的雌伏的記述。

在建立於「世界的盡頭」的【神】與【惡魔】二柱的影響下，吾等突然被逼入滅亡的絕境。從【惡魔】之柱釋出的第一波侍從兵在各地帶來殺戮與混亂。然而，又有誰會知道真正的威脅其實是從第二波開始的呢。

接著被釋出的隨從兵，其數量足以全滅——在惡魔數度襲擊下也存活下來的——王都居民。一般而言，這個世界的命運會就此告終吧。

一般而言的話。

然而人類、亞人、獸人三種族召開的聯合會議恰好就在此時奏效。接到第二波出現的報告後，各種族代表暫時收起異族之間的宿怨，同意展開聯合戰線。在第二波登陸人世前，以聖人為核心編成的軍隊就將牠們擊墜了一大半。然而，勝利並未就此決定。

目前吾等被削弱兵力，不斷被迫陷入劣勢與小型的敗北之中。而且被迫品嘗無數次辛酸後，前方真的有勝利在等待著嗎？或者說被完全擊敗後，造訪而來的破壞與重整又是怎樣的事物呢？連結局的形式都不明確。

畢竟，這次的敵人是【神】與【惡魔】。

吾等挑戰的，是就連舊世界有沒有進行過都不得而知的冒瀆之戰。

人們長久以來持續的信仰分崩離析，精神支柱也被折斷。在擊退創世者們後，生物能究竟是否能一如往常地討生活？確切的事物早已蕩然無存。

以上就是吾等極為嚴苛的處境。

之後的字句，都只不過是我個人的荒唐言論——正因如此，請各位務必銘記在心。

就算一切毀滅殆盡，所有事物都終結的那一刻到來，即使連這份紀錄在重整時都被消滅——也希望某處的某個人能夠記住吾等。

記住愚昧的抵抗與徒勞無功的掙扎，這一切全是吾等曾經活過的證明。

就算無從得知，也請各位務必。

務必記住。

哎呀，我變得感傷了呢，換個話題吧。三種族組成聯合防衛戰線，對我來說也是無法預料的衝擊性發展。因為謠傳兩根御柱的樹立與教會有關，因此獸人的第一皇女有意對人類舉起反旗。

該不會，會場發生了一介文官的我所無法得知的事情吧？

是打壞一切、像是災害的暴虐嗎？

或者是類似奇蹟的某事。

雅媞・烏拉・荷斯托拉斯特

被「森之王」選為第二皇女的獸人。因派遣私兵團維持治安，以及投入私財整備城鎮與防止河川氾濫而被視為賢狼。深受人們支持。

1 與「皇女」的盟約

fremdtorturchen

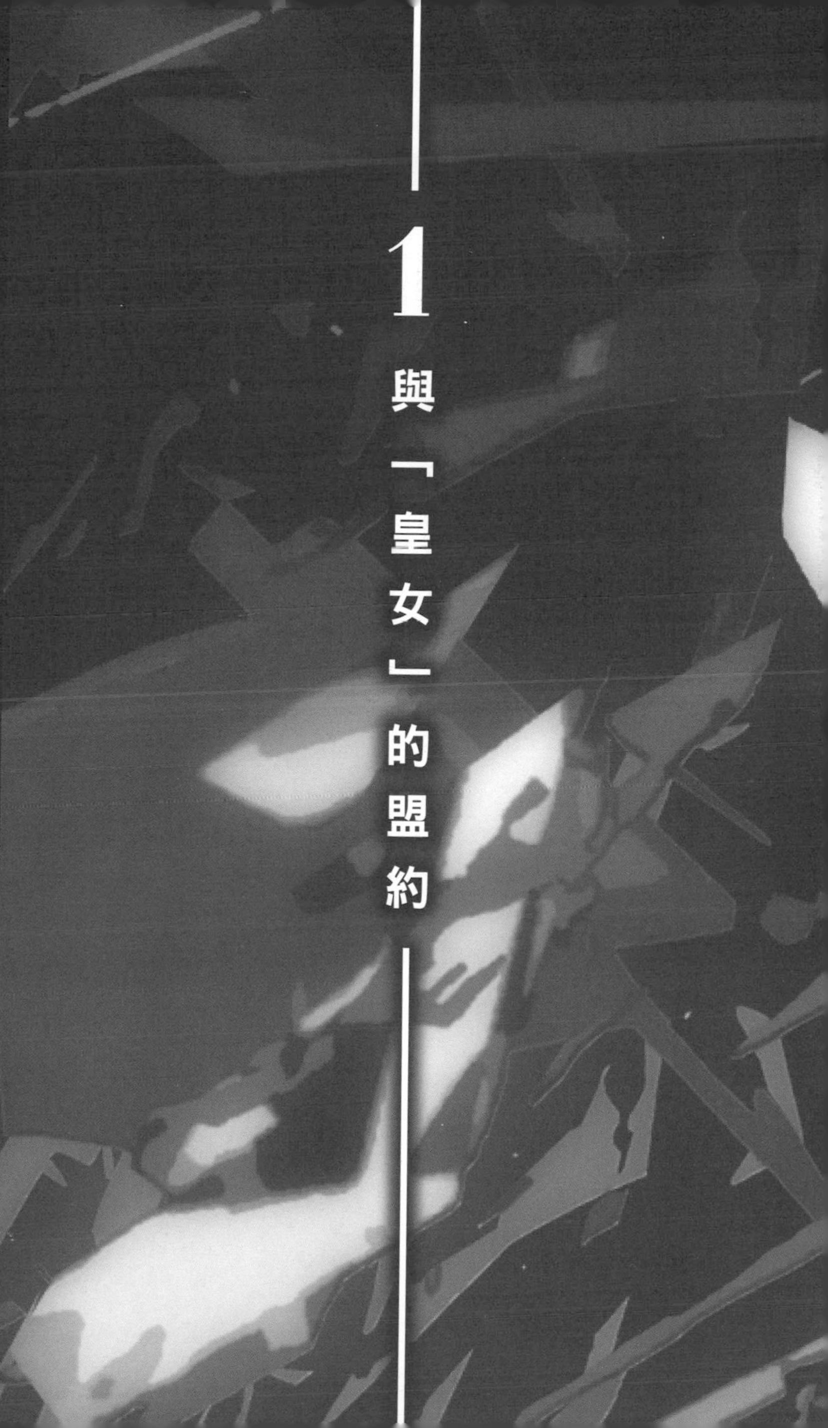

在掌握世界命運的三種族聯合會議上。

瀨名櫂人站在純白色的圓桌上睥睨四周。他將數百枚利刃抵在同席的各種族代表的鼻頭前方。櫂人以自己的意識掌握所有銳利光輝，慎重地讓它們停留在半空中。它們全是他用魔力製造出來的物件。

櫂人將唯一握在自己手中的漆黑長劍指向眾人，緩緩開口：

「人類與獸人還有亞人都是平等的。所有生者都是無知又愚鈍的畜生，卻也比一切都尊貴。所以我答應你們。我會讓你們活下去。我一定會拯救世界，為了達到這個目的——」

然後，曾在異世界無意義地死亡的少年，堂堂正正地做出宣言。

「我只有此時此刻是王，盲目地服從我。」

沒有回應。有人瞠目結舌、有人因恐懼而顫抖、有人冷靜地觀察利刃。他們的表情五花八門，然而那些臉龐都洋溢著理解的色彩。

【做出拒絕回應的瞬間，靜止中的利刃就會被釋出】【一旦弄錯答案，鼻子就會被割斷，頭蓋骨會被貫穿，然後腦漿塗地】【從身為反叛者的少年臉上，可以看出他會這樣做的靜謐激情與決心】。

權人完全明白他們正在這樣思考。此地聚集的是堪任世界棟梁的人材，再怎麼說也沒有誤將宣告當成玩笑話的笨蛋。

權人本人有如事不關己似的理解【自己實際上就會這樣做】。

（一旦殺掉，人就再也活不過來了。像我這樣被賜予第二次機會的情況很罕見。不過，此時此刻我非得貫徹要求才行。能不被事態鎮壓後的利權所縛採取行動的人……就只有身為異世界人的我而已。）

如今，這個世界就是逐漸沉沒的船。然而，要由誰做代表掌舵的話，異種族之間的宿怨實在是太深了。為了避免全滅，不相關的外人必須思量靠岸的方式才行。同時，或許也會產生要將幾個人沉入水底的必要性。這也是沒辦法的事——權人已經做好覺悟。就現狀而論，除了殺百救千，殺千救萬以外也別無他法了。

這種愚昧又傲慢的選擇，跟過去「她」進行的方法也很類似。

「如果是妳，會怎麼做呢——伊莉莎白？」

權人輕聲地如此提問，然而卻沒有回應。這也是理所當然。

如今，【拷問姬】正被迫擔任【惡魔】御柱的核心。

權人自虐似的嗤笑。然而「咚」一聲誇張地響起，就像要打斷他的感傷似的。權人頭也不回地彈響手指。

利刃飛向躍上圓桌的某人那邊。破空聲與銳利的刀刃聲響重疊在一起。

權人在視野邊緣捕捉到金屬之間猛烈碰撞的火花。他的刀刃悉數被彈向另一邊。教會司祭眼看著就要被其中一枚直擊，因此發出悲鳴。然而在慘劇發生的前一瞬間，權人就把刀刃變回蒼藍花瓣。

將權人的攻擊彈開的對象就算滿天飛舞的花瓣遮住視野，仍毫不在乎地衝了過來。確認緊逼而來的身影後，權人瞇起眼睛。對方的紅毛隨風搖曳，宛如熊熊燃燒的火焰。

「──果然來了嗎？」

權人如此低喃。飛身躍上圓桌的反抗者是威風凜凜穿著男裝的獸人，有著一顆狐狸頭部的第一皇女。她也是在會議中堂堂正正地怪罪教會所做所為，並且對人類宣戰的始作俑者。

她一邊奔馳，一邊刺出劍，釋放出漂亮的一擊。

權人產生劍尖自然而然被吸進自身胸口中的錯覺。

鏗的一聲，利刃鳴響聲再次銳利地響起。

「唔，好險。這招精采。」

權人用右手握著的漆黑長劍──【無名(Nameless)】擋下第一皇女的突刺。他同時彈響左手的手指，在包圍第一皇女的位置上展開數把刀刃。

第一皇女咚的一聲踹向圓桌，以野獸特有的彈性斜向做出迴轉。她穿梭在斬擊的些許縫隙中，平安無事地著陸，同時轉圈砍飛追蹤而來的利刃。

像是樂器的聲音連成一串，蒼藍花瓣大量撒落。

在豪奢的花雨之中，第一皇女不悅地撂下話語。

「哈，笑話。收起刻意的讚美吧，人類。不讓半個部下出手相助，明顯在放水還用那種口氣說話……真的以為我是被騙會感到喜悅的雌性嗎？」

她再次發出刺擊。櫂人單靠直覺將頭歪向一邊，褪色的褐髮有一部分被割斷。

「可惡，居然對櫂人大人尊貴的頭髮！」

身為他新娘的機械人偶——小雛——手持槍斧(Halberd)打算踹向圓桌。然而她卻被櫂人用視線告誡，所以停了下來。雖然踩裂圓桌表面，她仍是勉強停在原地。

『真是的，好不沉著。話說回來，只用腳的力量居然就裂開了呢。』

『那邊的小鬼明明是區區人類卻總是很吵這件事吾也同意，畢竟他是不知沉默是金的傢伙。』

另一方面，弗拉德與【皇帝】則是有如在看戲般徹底袖手旁觀。

正因如此，第一皇女的話語讓櫂人發出沉吟皺起眉心。

「不……如妳所見。就算我說動手，這邊也只有一個人會乖乖聽話。」

「即使如此也一樣。只要你認真起來，我的腦袋老早就掉下來了。」

「對我的評價還挺高的嘛。但妳卻不把劍收起來呢。」

「哼，雖不曉得有何打算，不過你似乎還打算繼續放水。既然如此，就趁你還在悠哉時宰了你——我就是這樣想的，你有何想法？」

「就判斷而論還不壞吧。」

「你似乎樂於讓我焦躁，果然還是殺掉吧。」

「老實說，我覺得妳太好戰了。」

「這是壓制現場的外人說的話嗎！真是讓人不爽的人類！」

第一皇女如此笑道，一邊揮劍。兩人一邊說話，一邊繼續互砍。

被利刃抵在鼻頭前方的與會人士目瞪口呆。

會有這個反應也很正常——櫂人點點頭。就算在這段期間內，櫂人也將刀刃展開成扇形射向第一皇女。她將飛過來的所有刀刃全部砍飛。兩人一邊散布蒼藍花瓣，一邊在圓桌上來回走動。

那副模樣，就像在祭典上一同狂舞似的。

（現階段而論，能用全力對上我的人只有這名皇女呢。）

雖然心中如此思考，櫂人仍是忙碌地不斷跟她變換位置。

櫂人刻意製造其他獸人就算回過神，也很難出手援助第一皇女的狀況，心中卻也感到驚愕。他沒料到居然會有拒絕或是屈服以外的反應。如果在戰鬥中對話也能成立的話，那就更是如此了。

接著確認觀眾們的反應後，櫂人判斷這個流程很重要。

（從先前的言行，以及現在的表情判斷，可以推測獸人的第二皇女薇雅媞・烏拉・荷斯托拉斯特，與教會的聖人代表拉・克里斯托夫將我視為避免異種族互相對立的犧牲品，行事方針傾向服從我剛才的宣告……亞人一派仍保持觀望的態度。）

話說回來，年紀尚輕的人類之王身上連反抗的毅力都看不到。有力貴族本來應該要擔任輔佐職務才對，卻被教會刻意排除了。既然如此，只要現在把「會動的頭」砍下來，事情就結束了吧。

只要能說服第一皇女，情勢就會急轉直下。如此思考後，櫂人再次開口：

「欸，妳真的認為獸人有辦法一邊與人類為敵，一邊殲滅惡魔的侍從兵嗎？不，這種事根本用不著問，妳是這樣思考的吧。畢竟妳確實擁有率先如此斷言的實力。」

「別自顧自地下定論，真是個不受部下信賴的雄性。」

「好，既然如此，就早早進入忠告的階段吧——妳的認知太天真了。」

——鏗。

在櫂人的左頰旁邊，【無名】的劍刃與第一皇女的長劍發生激烈衝突。

向後退一步後，櫂人彈響手指。他瞄準第一皇女的手腕射出刀刃。她單手從腰際抽出短劍，用劍柄擊落那些刀刃。看到對方如同自己所料擋下攻擊後，櫂人點點頭。

「末日的序幕才剛拉起，今後侍從兵的數量會永無止境地增加吧。為了避開終結，就得不停竭地掃盪所有侍從兵，並且有必要打倒惡魔與神的御柱。然而，就算動員三種族的所有兵力，人材不足的情況仍然很嚴重。」

「——說下去。」

「就算讓亞人變成同伴好了，選擇一邊背對敵對種族，一邊在這種狀況下戰鬥，這步棋實在是太差了。風險與可以取得的利益不成對比。妳已經明白這件事了不是嗎？妳不像是笨到不懂這個道理的蠢人。」

「的確，我完全明白這樣有多嚴苛。不過，也唯有現在——唯有現在了。」

「唯有現在是什麼意思？」

將第一皇女的猛攻全數彈開後，櫂人急速停止。如今他就站在圓桌的邊緣，後面已經沒有立足點。

熊頭獸人沒放過機會，為了射擊他的背部而舉起弓。然而繃緊的弦卻被櫂人操控的刀刃無聲無息地割斷。獸人茫然地眺望化為廢物的弓。

櫂人有如什麼事都沒發生般翻飛黑衣下襬，跟第一皇女互換位置。

兩人朝圓桌中心再次表演起舞蹈，第一皇女用歌詠般的語調低喃：

「侍從兵急襲造成混亂，而這就是克服混亂期後的預測。就算是現在，亞人與獸人合計起來的數量也比不過人類。既然侍從兵的攻擊對象是三種族全體，在惡魔的威脅遠去後，即使將損害規模也列入考量，還是可以預料人類與其他種族的國力差距會更加擴大。引發這個情況的人明明是那些傢伙。就只有聖人被叫去掃盪侍從兵，以及因不信任教會而導致內部產生分裂的現在，才有辦法顛覆【領土】、【人口】、【資源】這一切的差距。一旦放過這最後一次的機會，不久後就會演變成新的對立……人類已經不值得信賴了。」

「原來如此……是這麼一回事嗎？也就是說，妳擔心人類今後有可能會動手排除異種族。」

櫂人點點頭。第一皇女發出無數突刺，甚至投擲暗器混入其中，一邊表示肯定。

「是啊，沒錯。實際發生此事或許是在數十年、或是數百年後就是了。不憂心種族的未來算什麼王啊。人類原本就是排他又毫無自覺的選民主義，悲劇必定會發生。」

櫂人陸續彈開劍刃。他一邊奏出清脆聲音，一邊體悟到一個事實。

第一皇女並不是被老眼昏花任命出來的。挑選皇族，加以任命的【森之三王】眼光確實不錯。與被稱為賢狼而知名的第二皇女薇雅媞不同，她雖然好戰，卻也具有王的器量。穩健派與激進派——要讓種族長久地存活下去，就需要這兩種思考方式吧。

問題在於，「只有現在能做」的事情「現在去做」的話，世界就會滅亡。

（並不是單純錯估實力……真要說起來的話，是「缺乏想像力」嗎？）

如此心想後，櫂人皺起眉心。畢竟獸人們沒親眼目睹惡魔的所做所為。雖然有部分人民被攝取惡魔肉的聖騎士虐殺，他們仍是免於本體的襲擊。而且惡魔製造的地獄是常人不可能想像的事物，因此第一皇女無法預料等待自己這群人的是何種威脅。然而，櫂人實在無心去責備她的遲鈍。畢竟就連教會這個原凶，到頭來都沒能正確地掌握情況。可以說對生物而言，正確地理解世界末日就是如此超出能力範圍的難事。然而，如今卻得強迫所有人做到這種無理的要求。

為了自己，所有活著的人都應該知道。

（沒有救贖。）

別留下餘力去思考未來。

「這樣下去，所有人都會死。」

櫂人簡潔地如此斷言。第一皇女張開嘴巴，然後又閉上。櫂人的毫不迷惘讓她心中有了想法吧。她將力量注入跟櫂人那把【無名】互抵的劍躍向後方，從櫂人那邊拉開距離。再次用視線射穿他。

櫂人筆直地回望金色眼眸，他再次打算開口。

在那瞬間，它毫無前兆地來到。

「————唔！」

怦咚。

心臟用力地搏動，同時櫂人吐出大量鮮血。

＊＊＊

在純白色圓桌上，鮮豔的紅色四處飛散。貴人們一片嘩然。然而，誰也沒打算站起身軀。只有一人，只有小雛迅速地做出反應。

「櫂人大人！」

這一回她沒被阻止地踹向圓桌。小雛搖曳女傭服裙襬，衝到櫂人身邊，毫不猶豫地跪在飛散的鮮血上。

「……小……雛。」

「啊啊，我心愛的櫂人大人，您沒事吧？真可憐，好想立刻代替您……至少請您慢慢地呼吸，來吧。」

小雛的衣服與腳漸漸被弄得又紅又濕。然而，她毫不在意地摩擦櫂人的背部。

貴人們仍然坐在位子上。這明明是謀反者吐血的好機會，卻沒有任何人打算行動。不只如此，他們甚至僵住了表情。就連沒有魔術素養的人都臉頰抽搐。

眺望貴人們的模樣後，櫂人自嘲地忠考。

（是如此，異樣，嗎……）

同時，櫂人也理解一件事。他的魔力正不祥地搖晃著空氣，一邊爆炸性地持續提升。就是那種異樣的成長幅度，不管在誰眼中看起來應該都扭曲得很明顯才對。

『唔，第二次的喇叭吹響了嗎？』

『意思是碎屑有如蝗蟲般被釋放出來了。』

弗拉德將手指輕輕放在自己的下巴上，臉上浮現討厭笑容。【皇帝】不悅地撂下話語。拉．克里斯托夫依舊朝向正面，就這樣開了口。他用聖人少有的冷靜態度低喃。

「意思是——過來了嗎？」

「嗯，沒錯。」

面對簡潔的問句，櫂人也直截了當地做出回應。

動作流暢地將臉頰靠向小雛的臉頰後，櫂人站了起來。第一皇女有如在說「發生何事」似的歪頭露出困惑表情。櫂人將掌心伸到她的鼻頭前方，將魔力流入累積在低窪處的血液。

「——現影（La）。」

紅色開始發出朦朧光輝，光在空中編織出影像。本來就算要利用教會的通訊裝置，要鮮明地重現遠處光景也是難事。然而，櫂人如今卻輕而易舉地做到了。

影像在圓桌上擴展，現在的【世界的盡頭】重現了。

有幾個人發出驚愕與動搖的聲音。

那片天空染成了漆黑色。

【世界的盡頭】的天空原本空無一物。在平板的灰色裡，只有類似七彩油膜的光彩在搖曳著。然而，如今那兒卻被無明之夜侵入。更加令人難以置信的是，黑色「無止境地增加了漆黑度」。它的真面目就是剛被排出來的大群侍從兵。

小小黑影聚集，將空間染黑。那是有如讓毀滅實際成形般的光影。

從那兒傳來一個邪惡的意志。

【世界，結束吧。】

【■是這樣決定的。】

「——是第二波。」

櫂人的宣告讓第一皇女瞠目結舌。她默默無語，瞪視無數黑影。然而，第一皇女緩緩閉上眼皮，用乾啞卻清晰的聲音詢問櫂人。

「——還會再增加嗎？」

「第三波到明天的日落為止，後天中午會發出第四波吧。」

櫂人淡淡地回應。他與負責【惡魔】御柱的伊莉莎白，基於承襲心臟的關係連結在一起，因此櫂人可以正確地掌握指針朝滅亡前進的動作。

那番話語中沒有絲毫迷惘，強而有力的斷言具有一定程度以上的說服力。

點點頭後，第一皇女再次發出咂舌聲。櫂人可以清清楚楚地明白她的想法。

（獸人最擅長的戰鬥形式就是對人戰吧。他們沒有聖人，也不擅長魔術。面對數量超過預料的侍從兵，實在不覺得他們能發揮原本的實力。）

對眾獸人而言，人類不再是善良的鄰居，只不過是應該要恐懼的威脅。然而，要完全不依靠那份力量，嘗試去殲滅侍從兵是一件很嚴苛的事。

同時，櫂人也從第一皇女的表情上領悟到某個事實。

（太好了，她也察覺到了。）

櫂人是知道的。

在第二波的階段中，就算以人類之力也不可能完全防禦住。

教會原本就是因為自軍戰力不足，所以才會委託稀世大罪人【拷問姬】去討伐十四惡魔。聖人的數量有限，不但欠缺機動性，而且每一擊的消耗也很激烈。

此外，與惡魔的無數戰鬥以及重整派的失控，讓聖騎士們也失去了許多精銳。對惡魔的有效戰力不足的情況，處於極嚴重的狀態。

獸人要與人類敵對，或是選擇共存，如今可以說結果都是一樣的。

對存活者而言，生即是死。

即使如此，還是殘留著顛覆終焉的可能性。

這個世界裡，有異物存在。

第一皇女將嚴苛眼神投向櫂人。她露出打量般的視線，同時如此問道：

「——殺得掉嗎？」

「會殺給妳看的。」

櫂人一邊擦拭嘴角的血，一邊如此回應。他身上有著明確的自負。

（人類已經無法依靠【拷問姬】了。既然如此——）

『在現在這個時間點上，沒有比瀨名櫂人更適合討伐惡魔的人材。』

實際上他以侍從兵產生的痛苦為餌食，以猛烈的勁道不斷提升著魔力。那副扭曲模樣與不死的軀體，證明要殲滅侍從兵絕不是作白日夢。

第一皇女確認空氣不祥的搖晃，她第三次發出咂舌聲。

「——嘖！」

——喀嚓。

然後，第一皇女疊上銳利聲音。她居然將自己的劍收回鞘內了。部下們發出動搖的聲音。第一皇女背對那道聲音，堂堂正正地報上姓名。

「法麗西莎．烏拉．荷斯托拉斯特。」

櫂人點點頭。在這個瞬間，對他而言她變成了有名字的——比「第一皇女」還要——親近的存在。報上姓名後，法麗西莎加上了一個優雅的禮。

「我就承認自己有點太焦急了。後世吾等會接收下來的。不過，如今似乎也只能將一切交給你了。獸人尊崇實力——既然如此，就做給我看看吧，狂王啊。」

聚集於此的人們屏住氣息。有人打算做出某種訴求，然而薇雅提．烏拉．荷斯托拉斯特卻默默起身，就像是要堵住發言似的。她在姊姊之後行了一個高貴的禮。

看到這幅光景後，獸人第一皇太子動了動黑豹的鼻尖。他連忙挺直背脊。

如今，在這個瞬間，一個平凡人類得到了獸人第一皇女法麗西莎．烏拉．荷斯托拉斯特，以及第二皇女薇雅媞．烏拉．荷斯托拉斯特的支持。

在第一皇女的宣告下，獸人們形同加入了櫂人麾下。既然如此——亞人們也點了頭。另一方面，法麗西莎在聲音中灌入與自屈那番服從話語相反的殺意接著說道：

「無法做到的那一刻，我會斬斷你的腦袋。」

「嗯，那樣的我應該快點去死才對。我很樂意。」

櫂人毫無半點逞強之意地如此回應，他是認真說出這句話的。

兩人再次凝視彼此。法麗西莎上前數步，她默默無語地拔出劍。櫂人也用行雲流水般的自然動作揮出【無名】。

鏗——兩者發出高亢聲音，讓劍互擊。

狂王與獸人第一皇女宛如要代替握手似的讓劍刃交錯。

就這樣，以異世界來訪的少年為中心，

三種族聯合防衛戰線成立了。

法麗西莎・烏拉・
荷斯托拉斯特

Valisisa Ula forstlast

被「森之王」選為第一皇女的獸人。基本上很好戰，卻是智勇雙全，擁有與生俱來的霸王器量。雖然常有粗暴言詞，卻擁有看清對手實力的力量。

2 於「極北海岸」

烏鴉在遠方鳴叫。

用引人鄉愁般的悲愴聲音。

啼叫聲的主人展開黑翼，在灰色天空上飛舞。然而，牠的真面目卻不是烏鴉。不但如此，牠甚至不是鳥類。鳴叫聲與鳥喙，還有黑翼雖然看似烏鴉，然而空中的盤旋者們卻沒有頭蓋骨。牠們裸露軟綿綿的大腦，而且有一部分甚至還崩解了。聚集蒼蠅的身體本來應該是瀕死狀態吧，然而異形們看起來並不感到痛苦。

牠們的存在明顯不在生物的系統樹內，不過這樣也很合理。

畢竟牠們是惡魔的侍從兵。

Croak——cRoak——crOak——croAk——croaK

僅有聲音悲傷，侍從兵悠然地繼續盤旋。

在空無一物的寂寥海灘上，全長跟小型豬一樣大的巨大黑影緩緩滑行著。

其中一道輕撫皮革帳蓬的表面。壯觀的住宿營地整齊劃一地搭建在海浪打不到的內地裡。互相交錯的三種旗幟，在那兒迎著潮風翻飛著。

白百合紋章、植物與野獸的紋章、紅蜥蜴紋章排列在一起的模樣，就是三種族聯合軍的證明。

從其中挑選出來的精兵們，在這道海岸線上展開第一次防衛戰線。

從【世界的盡頭】飛出來的大部分侍從兵——順著掌握座標、有實際造訪經驗之人都無法理解的航路——朝這片無名的北方海灘前進。

荒涼的此地其實不是普通海灘。是不斷蠶食至亞人、獸人領土內的人類最北端的土地。在定下正式的邊界時，發現兩種族之間的緩衝地帶包含私人擁有的土地，而這也就是殘留在此地既愚蠢又複雜的來龍去脈的開端。

調查後，得知過去曾有人類醫生迷途進入至今已不復存在的獸人村莊，而且治好了流行病，因此當時的村長贈送這塊土地作為謝禮。當時因為傳統與恩義云云而陷入爭執不休的下場，再漂亮地加上和平協定剛成立後的微妙氛圍，因此這塊土地被「保守地維持原狀」。

只要周邊海域的權利登上議題，這塊讓人頭痛的土地就會立刻化為火種。然而為了顧慮兩種族的感受，人類如今則是對這塊土地維持棄之不理的態度。

侍從兵們從這邊光禿禿的海岸上擴展牠們對亞人與獸人領土的侵襲，一邊試圖大量湧入人類之地。防患未然地阻止牠們前進，就是防衛戰線的目的。

戰線已經擊退了第二、第三波的攻勢。

現在，士兵們負責擊墜定期飛過來的殘黨。然而，剛剛才收拾完一大群侍從兵，因此這裡進入了休戰狀態。在海岸線待命的士兵們繼續警戒著頭頂的倖存者。此外，他們也趁戰爭的空檔慌張地搬運傷兵。

受傷的人們以傷勢嚴重度為基準，被送至醫療帳蓬。其中混雜著異樣的人物。跟戰場格格不入的幼小少女，被人用恭敬卻很猛烈的力道扔上床鋪。

乍看之下她毫髮無傷。然而少女卻一邊被緋紅色布片裹住，一邊不斷吐出血泡。她纖細的腳被鐵環層層束縛，粗糙的拘束封印著自行蠢動、試圖撕開從大腿爬至腳踝的裂傷。裂痕中密密麻麻地排列著狀似人類之物的白皙牙齒。這是一般而論絕不可能出現的異貌。只有跟惡魔訂下契約之人，或是跟神之間有強大連繫的人，身上才會有這個。

少女是教會擁有的聖人。

過度與神連結的負擔，讓她迎來了極限。不只是少女，醫療帳蓬內已經躺著好幾名聖人。他們有如魚兒般彈跳的身軀被投入擁有強大鎮靜效果、經常使用會很危險的藥物。對侍從兵有效的戰力被大幅削減，然而烏鴉的聲音裡，至今仍沒有完全滅絕的氣息。

這確實可以說是跟世界末日很相配的絕望狀況。

「……又來了嗎？」

士兵中有人用滲出緊張與疲勞的聲音如此低喃。宛如產生暴風般，天空的一部分以猛烈的速度變黑變濁。就像腐肉引來蒼蠅似的，令人憎惡的存在出現了。

眾侍從兵將水平線染上色彩。

其數量與第二、第三波相比，可以說是微乎其微。然而對連續戰鬥而疲憊不堪的軍隊而言，這個數量要煽動他們的絕望仍是綽綽有餘。士兵們將沉重視線投向那群侍從兵。

咚的一聲，強而有力的聲音突然響起，宛如要鼓舞他們似的。

濕沙地深深地下陷，肩並肩站在淺灘上的聖人們從各自的身軀上卸去枷鎖。

站在中央的拉．克里斯托夫有如要割開自己的黑色長髮般，莊嚴地展開雙臂。

他身材修長，肩膀也很寬。然而得天獨厚的身軀卻有一部分變形成駭人的模樣。他的胸部連同白衣一同被切開，紅色肌肉被削除，肋骨裸露而出，然而卻沒有溢出血液。應該被保護在骨頭內側的心臟與肺部等臟器也喪失了。

取而代之的，是裡面大量塞滿了擁有白色羽毛的生物們。

【纖細的養鳥人】拉．克里斯托夫用流暢到不可思議的方式移動唇瓣。

「────吾等聚集，等候於此。」

『────吾等聚集，等候於此。』

沉鈍的複誦疊上厚重的聲音，聖人們的全身開始纏上光芒。

士兵們不由自主挺直背脊。就算現在【神】已經變成了敵人，聖人們並列的模樣仍令他們感受到高貴與神聖。然而，他們的模樣很駭人，而且也很詭異。

畢竟大多數聖人們，身上的某個部位都變形了。

有人眼球化為虹色球體、有人皮膚被刻上不斷成長的刺青、有人下腹變透明，裡面有魚在游泳，形態五花八門。就算外貌上沒有變化，也有人無止境地哄笑，也有人緊閉嘴巴就這樣發出聖句的聲響，狀態類似拉．謬爾茲的人也很多。然而，不曉得是如何共享目的意識，所有人都聽從拉・克里斯托夫的號令。

如今所有人都仿效他，緊緊閉著嘴巴。那副模樣既奇妙，又像是儀式。

現場被莊嚴的沉默裹住。然而，侍從兵們刺耳的聲音卻不敬地打亂了這陣沉默。

瞬間，拉・克里斯托夫將眼睛瞪大到極限，宛如雷鳴般喊道：

「來吧，於御前給予鐵槌制裁！」

『啊——Aa——啊——Ah——Ah Aaaaaa啊啊啊啊啊啊啊啊啊啊啊啊啊！』

大群雲雀、大群魚兒、虹色光彩、還有血滴——

與詭異合唱一齊伸展，貫穿敵影。

侍從兵們的腹部被挖出無數洞穴，大腦被吃得一乾二淨，腦袋整個砍飛。牠們筆直地墜落，一部分被熱浪蒸發，被海風吹散灰飛煙滅。

無數敵影一邊迴轉下墜，一邊被海浪吞噬。這是乍看之下，或許可以說是取得勝利的光景。

狼頭獸人謹慎地用望遠鏡眺望這副模樣，然後瞇起眼睛。

那是薇雅媞・烏拉・荷斯托拉斯特的私兵團第一班班長，琉特。

拿下望遠鏡後，他揮下單手。

「第二地點・灰。第六地點・黑。其他・在預料中——下降！」

「復述，第二地點・灰。第六地點・黑！準備！」

簡潔的號令顯示出聖人們沒擊中的敵人的密集程度。

獸人們配合敵人數量調整配置，將盾牌高舉至頭頂。他們在眾聖人面前擔任活生生的防禦壁。人類士兵們滑至他們下方，竭力拉開祝聖過的弓箭。

其中一人，有如要吐出內心焦躁般叫道：

「臭怪物……一波接著一波，太多了吧！」

就算有祝聖過，普通武器的效果還是很薄弱。直到侍從兵們夠接近前，他們都忍受著因害怕而想要放箭的心情。然而在接觸敵人之際，聖人的行列產生異變。

瘦到可怕的女性輕輕傾向前方。咚的一聲，輕到可悲的輕響發出，她倒在海灘上。有許多發光的白蛇從那頭黑髮的縫隙中爬出。

拉・克里斯托夫用下巴比了比，完全沒表現出絲毫動搖。穿著緋紅色衣服的隨從們連忙衝向她。他們用頭盔覆蓋女性的頭部，硬是扭緊螺絲固定住後，用緋紅色布塊裹住全身。隨從們既恭敬又粗暴地讓她退下前線。

轉瞬之間，有新的聖人脫離戰線了。士兵們屏住呼吸。他們的戰力漸漸、確實地被削弱中。戰鬥經驗豐富的人甚至開始看見全軍的極限。

即使如此還是不能放棄戰線，現在死心都還太早。

同時，也為時已晚了。

有如要扼殺怯懦似的，獸人跟人類從丹田發出勇猛的吼聲。

「喔喔喔喔喔喔喔喔喔喔喔喔喔喔喔喔喔喔喔喔喔喔！」

Croak——cRoak——crOak——croAk——croaaaaaK

侍從兵發出詭異鳴叫，同時急速下降。

尖銳怪聲與噗滋噗嗞的傻氣聲音重疊。

「————咦？」

啪噠、啪噠，某物滴到盾牌上。眾獸人慌張地確認表面，盾牌染成了紅色。士兵們瞪大雙眼仰望頭頂，天空降下血雨。

侍從兵們都僵住了。這應該不可能才對，但牠們看起來完全停住了。

牠們身上插著黑色刀刃，每隻都剛好各十把。

「————咦？」

「喔喔！」

士兵們發出聲音，裡面灌注了驚愕或喜悅等形形色色的情感。

瞬間，以奇妙方式凍結的光景一口氣崩塌。

刀刃一口氣變成蒼藍花瓣，它們虛幻又豪奢地飛舞四散。侍從兵們一邊拖曳血線，一邊在花瓣中墜落。紅與藍彼此交融，兩色漸漸被灰色大海吞沒。

士兵們茫然地眺望美麗又毫不留情的慘狀。

與現狀很不搭調的輕鬆話語扔向他們的背部。

「抱歉，我來遲了。」

聲音的主人不是敵人，士兵們已經被如此告知。只不過是在擊破第三波後，暫時脫離戰線的同伴回來了而已。然而就算明白這件事，他們仍是用無法完全抑制恐懼的不自然動作回過頭。所有人一齊將視線移向聲音的主人。

站在那前方的是一名身材細瘦的少年，他果然還是悠哉地舉起一隻手。

「沒事吧？嗯，不，似乎也不是這麼沒事。」

「……瀨名．櫂人閣下。」

某人用孕育著恐懼的聲音如此低喃。少年用讓人覺得他很傻氣的輕鬆態度，對這個反應點點頭。他身穿看似軍服的黑衣。光就打扮而論，還可以說「看起來有那個樣子」。然而沒有人能從嬌小身材，以及與眼神凶惡卻很娃娃臉的五官察覺到他就是【狂王】吧。推測出剛才收拾侍從兵的人就是少年更是不可能的事。而且，他做到的事還不只如此。

少年幾乎僅憑一人之力，就虐殺了第二與第三波的侍從兵。

也就是說，這個人類正是——

凌駕侍從兵的，真正的怪物。

＊＊＊

「那種有如在說別人是『怪物』的視線，老實說我覺得有點那個耶。」

「如果你不是怪物的話，那還有誰符合這個條件。山怪還比較接近人類吧。」

櫂人如此投訴後，獸人第一皇女法麗西莎·烏拉·荷斯托拉斯特用鼻子發出哼笑。

櫂人露出不悅表情，卻也沒有回嘴說些什麼，只是無言地動著雙腿。

除了警戒殘黨外，士兵們也忙碌地工作著，像是煮飯弄暖因海風而凍僵的身體、分發餐點、補充武器、保養裝備、以及自行包紮輕傷等等。海潮味與汗水還有鮮血與金屬、獸臭味與軟皮革的氣味渾然融合為一體，周遭的空氣濃冽地嗆鼻。

櫂人一邊穿梭在士兵們的縫隙間，一邊趕往皇女的帳蓬。殲滅侍從兵後，他本來打算前往醫護所確認負傷者人數，然而法麗西莎卻在途中對他招手。在那之後，櫂人就一直跟在每走一步就會搖擺的蓬鬆紅毛尾巴後面。

法麗西莎的尾巴很可愛，跟威風凜凜的男裝很不相稱。

櫂人一邊隱瞞一旦穿幫就有可能被殺掉的感想，一邊向她詢問：

「那麼，戰況變得如何了？」

「如你所見，惡劣至極。聖人那群傢伙比想像中還要沒用……因此士兵們的負擔即將要超越容許量了。那些人當固定砲台的話是很強大，可惜的是『欠缺耐久性』，所以不適合連續作戰。至今為止在話鋒中隱含威脅之意，卻又遲遲不肯在實戰中運用的下場如實地出現了。想不到連耐久度都沒有測量，實在是令人氣惱。」

「對方可是人類喔，當成武器對待不好吧？」

「哈哈，居然說聖人也算是人類，這笑話差勁到反而讓人想笑。就算不是這樣好了，如今不論是誰都只是一只棋子——不，你是例外呢。狂王啊，以那副悠哉態度擁有比任何人都優秀的武力……真是令人不爽到極點的雄性。讓我感到焦躁很開心嗎？」

「嗯，我被討厭了。」

「也不是這樣，安心吧。比起無能要好得太多了。繼續派上用場吧，在這段期間內我會好好喜愛你的。漂亮地擊退末日後，如果你會降伏於獸人，要跟你結為連理也無妨。」

「很遺憾，我有心愛的新娘了。」

「真是幸運。與人類這種東西同床共枕，光是想像就令我作嘔。」

「那就別說啊。」

櫂人半愕然地聳聳肩，法麗西莎用鼻子發出哼笑。

她真的是滔滔不絕講個沒完，然而擦身而過的獸人卻用驚愕視線望向這副模樣。櫂人明白他們的這種視線——雖然來往的時間不長——就是法麗西莎這種態度造成的。看樣子她會說話的對象似乎很有限，對於自己判斷不需要的對象甚至不會放在眼裡。先不論好壞，這種做出分別的方式很乾脆。然而另一方面，她對櫂人卻是這種態度，因此士兵們會吃驚也是理所當然。

（這表示很中意我嗎？還是我完全不值得顧慮呢？或許兩者皆是……實在很難懂。）

在煩惱之際，櫂人仍是抵達了兩側有衛兵固守的帳蓬。

進入內部後，濕氣重的寒氣遠離背部。相對地，用簡易暖爐燃燒的火焰暖意裹住全身。獸人的移動式住居的高品質仍是只能用一句完美來形容，不過這果然也是因為它是皇族帳蓬的關係吧。辦公用的家具一應俱全，地板上甚至鋪著厚地毯。

法麗西莎重重坐上厚實的椅子。她搖擺蓬鬆的尾巴，用單肘撐在桌上，然後用手指咚咚輕敲大大攤在桌面上的地圖。

「那麼，你巡視的結果如何？」

「嗯，不管是哪裡損害都很嚴重……不過考量到最初採取行動時有所拖延，避難狀況並不壞，侍從兵飛過來的主要地點也縮小了範圍——牠們沒有指揮官，所以行動模式很單調。只要明瞭最適合的應戰方式與迎擊地點，接下來只要重複在該地點擊退牠們就行了。」

櫂人一邊解說，一邊彈響手指。他用蒼藍花瓣與黑暗造出自己要用的椅子，那是跟弗拉德以前造出來的東西一樣豪華氣派的物品。

櫂人翹起腳，坐在包著皮革的椅面上。他毫不膽怯地面對法麗西莎，然後伸出手臂，觸碰地圖上被塗成黃色顯示是沙地的廣大區域。

「首先是亞人的純血區，跟我聽到的一樣，建造方式很特殊。第一區的防衛圈雖然完美，不過區域的數字愈大，防衛設備就愈貧弱。真的是住民的純血度下降，待遇也會跟著一起改變呢……不過，純血者這邊反倒是出現了許多損害。通往其他區域的門基本上都被封鎖了，所以無處可逃……特別是被襲擊後的第三區，讓人不願去回想——是如同文字敘述般的『玩弄至死』。」

「哈，只要有機會，我就會提出忠告要他們改善，但他們都沒活用我的建議。純血區的防衛特化為『來自地面的入侵者』以及『防止發生混血』，因此沒設想來自『空中』的攻擊。顯而易見的弱點被戳中，當然就只有死路一條了……喂，別露出那種表情。面對同種族的對象一樣會破口大罵，就是我這個雌性的個性喔。每次都介意的話那可沒完沒了，所以要改的人是你……那麼，活著的人有義務要將犧牲活用到下一次，防衛已經重建好了嗎？」

「勉強算是。由於在這片海灘上擋下『主力』之故，因此只要能收拾從其他路線飛過來的傢伙，戰況就會平息至一定程度。我們試算出在第二區防壁上進行砲擊最有效率。現在那個地點已經集結了士兵與驅使亞人的金屬加工技術製作的砲台，並持續進行攻擊。那邊的人民被按照區域劃分，又被嚴密地管理至今。只要將大門全部打開，就能有效率地引導大家避難，要集中戒護也很容易。就算沒我出手幫助，今天這一天也頂得住吧。」

法麗西莎悠然地點頭同意，就像正如自己所料似的。

輕盈地揮動柔軟的尾巴後，她繼續問道：

「人類的王都呢？」

「雖然還只有接到聯絡，不過那邊比其他地方不緊急。聖騎士的倖存者與魔術師們順利地整合一切。神獸以外的攻擊雖然對侍從兵效果不彰，不過光是能叫出召喚獸就差很多了……不過，地方上的損害不容輕視。他們決定拒絕領主派兵至王都，要他們專心防衛自己的領土。另外也派遣能創造結界跟移動陣的人材，讓他們負責疏散人群與防衛指教。」

「我心愛的故國呢？」

「嗯，抱歉讓妳負責『極北海岸』，而不是自己的國家。跟約定的一樣，無需擔憂。以世界樹的防衛為中心，與薇雅媞第二班以下的私兵一同布下強力的……嗯？」

櫂人沒有前兆地停下話語。他開始在口袋裡翻找，從裡面取出填滿紅色液體的玻璃球。那不是他至今為止隨身攜帶的那個封印著弗拉德「複製魂魄」的寶珠，而是另一項物品。發生何事了——法麗西莎瞇起雙眼。

櫂人啪嚓一聲彈響手指。蒼藍花瓣在球體內部舞動，紅色液體開始帶有耀眼光輝。水面上映照出人影，戴著眼鏡的樸素女官深深地低下頭。

『櫂人大人，現在您方便嗎？』

「嗯，沒問題。怎樣了嗎？」

『因為您希望那個人一清醒就立刻聯絡——【她醒過來了】。』

女官有如在畏懼某物似的壓低聲音。

櫂人倏地揚起單眉，但他立刻變回平穩表情點點頭。

「……了解，幫大忙了。」

『恕我多言，重整派察覺的話會引發騷動吧。請您盡快動身。』

「我知道，辛苦了。」

開口慰勞後，櫂人消去光芒。女官深深鞠躬的模樣就這樣變不見了。

她是在王城工作的聯絡員。目前人類尚未正式表態支持櫂人，然而還是有許多人物——就像這名女官——沒仰賴高層的判斷，就這樣執行著櫂人的命令。這可不是指令系統亂成一團這種程度的騷亂。

就某種意義而論，可以說人類陷入了相當異常的狀態。

（不過，這樣也很正常。畢竟這是人類在眼前被撕裂，有如垃圾般被拋棄的狀況。）

在這片混沌之下，擁有龐大力量的人會成為唯一的指標。既然對方斷言自己是活人的同伴，那就更是如此了。然而她們的盲信，說到底只不過是拜一時錯亂所賜。

情勢一旦平穩下來，她們就會對自身的行動感到後悔，或是在新權力之下站到告發櫂人的那一邊吧。不過就算是這樣也沒關係，櫂人是這樣判斷的。

（我不會向協助者尋求堅定的信念或是理由。）

總而言之，就是只要自己暫時方便行動就行了。

櫂人隨手將球體塞進口袋裡，法麗西莎不開心地膨起尾巴。

「等等，有人會突然拿出怪東西，然後又將它收起來嗎？那是何物？跟教會的通訊裝置相比，構造看起來單純到不可能的地步。」

「嗯？先用我的魔力製造出玻璃球，然後將自己的血灌進裡面。這東西本身就是魔力團塊，所以可以用來當各種魔術的媒介喔。」

「就只是這樣嗎？」

「就只是這樣。」

櫂人率直地輕輕點頭，他慌張地擦去正要從嘴角滑落的鮮血。

唉——法麗西莎深深嘆氣，她感到愕然似的搖頭。

「欸，你啊。是不是漸漸脫離了這世界的魔術機制？」

「嗯，我有自覺呢。畢竟我大部分的魔力，都是來自跟惡魔御柱呈現連接狀態所得到的痛苦。最高位惡魔是來自高位世界的觀測者，跟我們是不一樣的存在……不過，我覺得這東西的製造原理本身跟它很類似喔。」

櫂人努動下巴比向法麗西莎的手指，那兒嵌著豪華的戒指。用白銀編織的藤環上有巨大水晶散發光輝，裡面有桃色花蕾沉眠。

那是宛如將春天本身凍在冰塊內、有著不可思議風格的逸品。

除此之外，法麗西莎沒佩帶任何飾品。她似乎不喜歡打扮這件事本身。

另外，櫂人從戒指上面感受到相當強大的魔力。它無疑是一種強力的魔術道具，不單單只是裝飾品。不擅長魔術的獸人會刻意戴上此物，令人感到意外。

輕撫戒指一下後，法麗西莎哼了一聲。

「這是『森之三王』大人賜給初代皇族中的一人，再歷經長久歲月一點一滴注入魔力的物品。將它跟你靈機一動造出來的東西當成同樣之物，可以視為不敬喔。」

「失禮。我似乎是令妳不悅了，而且時候也差不多了……為了準備進入第四波的襲擊，御柱應該會暫時平靜下來才對。抱歉我這麼匆忙，不過我移動也無妨吧？」

「匆忙是當然的事，現在如果很閒的話反而好笑。准了，去吧。」

「感恩。」

「不過，第四波前一定要回來喔。沒有你的話，這片海灘就會全滅。以石頭奠定的基礎一旦破碎，答案就很明白了——之後就是兵敗如山倒。」

櫂人對沉重話語點了頭，他再次允諾自己必定會回來。接著向法麗西莎說一聲後，櫂人將球體放到地板上。玻璃表面開始緩緩滲出血。

宛如活物般，它開始在地毯上描繪出圖形。蒼藍花瓣輕盈地在帳篷內捲起旋渦。現場上演一場豪奢的色彩舞蹈表演。花瓣以櫂人為中心溶解凝固，造出圓筒形牆壁。法麗西莎在另一側淡淡低喃。

「那麼——替我向『聖女』問候一聲。」

在那瞬間，櫂人的意識啪滋一聲中斷了。

3

「聖女」覺醒

（擁有力量，是一件很奇妙的事。）

瀨名櫂人如此思考。

畢竟光是擁有驚異力量，就有一定數量的人類會自然而然臣服、害怕、崇敬他。就算沒有「世界末日前夕」的這種異常狀況，服從者也不會化為零吧。就像在漫長歲月中，惡魔崇拜者一直存在這樣。

如今，櫂人持續品嘗著被【捲腸機】掏弄五臟六腑、腦神經被直接灼燒、骨頭被雕下雕刻般的劇痛。然而只要不屈服，他就能無窮無盡地產出魔力。這是轉生至異世界前的經驗、不死之軀、跟【皇帝】的契約、以及【拷問姬】的心臟全部合而為一後才能做到的技巧。

正是因為如此，在「現在」的這個世界裡，沒有跟他一樣的人類存在。

這種獨一無二的人，用言語比喻的話會是什麼呢？

全能，萬能，最強，無敵，不敗，勇者，救世主——狂王。

然而這裡面——

（——有什麼意義？）

瀨名櫂人如此思考。

本來擁有力量，就應該伴隨著責任。沒有應為之事的力量，就只是有了反而會礙事的東西。甚至可以說是引人發噱的滑稽事物。特別是櫂人的情況，如果不能實現約定的話，不論是何種力量，不管是怎樣的讚美都不具備任何意義。沒錯——

（怎麼可以有意義呢。）

＊＊＊

櫂人緩緩睜開眼皮。

蒼藍牆壁在他面前裂開。下個瞬間，它有如玻璃般粉碎四散。

（——咦？）

櫂人重複眨眼。直到上一個瞬間，他都應該在專心地思考某件事才對。然而，櫂人卻想不起來那個內容。看樣子在短暫的時間裡他似乎是失去了意識。

櫂人深深嘆息。輕輕搖頭後，他伸手蓋住額頭。

「又來了啊，可惡。」

發動移動陣這件事本身很簡單。另一方面，這個現象卻也頻繁地發生。

原因是總是充斥在體內的痛苦，在「存在曖昧化」的轉移過程中會消失的關係。也就是身體無法承受劇痛再次出現的衝擊而暫時休克，然後又自動復活所產生的影響。

（光是鮮血沒堵在氣管裡面，這次就算是好的了吧……畢竟剛復活卻無法呼吸，得在再次窒息死亡前除去鮮血也很麻煩……因為有時候只能切開喉嚨弄出血液……那個我果然還是很討厭呢，而且在治療前被別人目擊的話，對方又會尖叫個不停。）

櫂人一邊沒完沒了地思考，一邊吐出累積在口腔內的血。紅色黏膩地在地面上擴散，櫂人毫不猶豫地踏上自身血液弄出來的水窪。

他一邊邁開步伐，一邊確認御柱豎立後經過的天數。

（還是第二天——不，「已經」是第二天了嗎？）

必須在五天內完成一切。

不然的話，所有人都會死。

心愛的人、憎恨的人、無關緊要的人都會如此。然而，如今就算焦急也於事無補。還需要不少的【碎片】，才能確實地實現櫂人的【目的】。

（情報也多有不足……現在就只能淡淡地完成應該要做的事情嗎？）

踏進長滿上等苔蘚的美麗土地後，櫂人抬起臉龐。

巨大的世界樹聳立在他面前。

就算是世界末日迫在眉梢的如今，覆蓋整個視野的茂密枝葉壯觀依舊。歷史悠久又氣派的大樹持續散發著神聖氣息，周圍沒有侍從兵的身影也是它的效果使然嗎？

正確地說，牠們的屍體三三兩兩地散落在地上。

發生在獸人國度的戰禍，在它進入這片中心處聳立著世界樹的森林前——就以奔馳在地底的根部淨化的水形成的環狀河川為界——被整圈擋了下來。

獸人跟櫂人任命的「某人」組成聯合軍，與試圖攻入「森之三王」寢宮的眾侍從兵以現在進行式展開激戰。侍從兵有時會用人海戰術硬是突破防衛線，然而用負傷的身軀吸入世界樹的神聖空氣可不會平安無事。

結果，牠們都淒慘地「爆裂」了。

（之後也得再去一趟世界樹前方的防衛戰線才行……不過，目前還沒問題吧。）

櫂人斜視肋骨開花的許多怪異屍骸，一邊走向入口。

現在，門扉被互相纏繞在一起的藤蔓封閉著，各式濃淡不同的綠色緊實固定著，甚至連讓蟲鑽入的縫隙都沒有。簡直像是在數百年之間持續佇立的古壁。

然而櫂人一抵達後，門扉沒等守門人做出判斷就開始蠕動。藤蔓柔軟地解開，產生通往內部的洞穴。世界樹在驚愕的守門人面前表示它對櫂人的歡迎。

也就是說，這正是「森之三王」的意志。

「……辛、辛苦了。請進。」

「你才是呢，辛苦了。防衛戰線那邊現階段似乎很順利，能毫髮無傷抵達這裡的敵人暫時還不會出現吧，所以別太緊繃了。」

「——是！」

眾守門人低下頭。然而，他們卻無意識地捲起尾巴，沒能徹底隱藏住恐懼感。櫂人佯裝自己沒發現這個事實，孤身一人進入內部。

＊＊＊

「森之三王」仍然待在位於最底層、由世界樹滲出的地底湖湖畔的一個房間裡，沒有採取行動。

就算在狂王登場後，他們仍頑固地貫徹著「不君臨也不支配」的原則。然而就世界樹的反應而論，他們似乎有從眾皇族那邊取得情報，並且以此為基礎做出判斷。

（看樣子我似乎沒被反對……這樣很感恩呢。）

櫂人一邊如此思考，一邊邁步前進。世界樹的內部構造近似蟻穴，洞穴朝四面八方分布，形成大大小小的房間與複雜的通道，可以說這是一個難攻易守的場所。

因此，其他種族的重要人士也被當成賓客暫時保護在內部。聽聞年歲尚輕的人類之王也害怕戰禍，所以躲進了客房。雖然也有很多人因為這種懦弱氣質而發出感嘆的聲音，不過櫂人卻覺得無所謂。因為光是不會發出莽撞的指令就已經是幫大忙了。

（我答應受到委任的有力貴族，會優先將力量借給他們保護領地與財產，因此除了教會麾下的人以外都籠絡好了。聖人由拉．克里斯托夫統率。就算在聖騎士與相當於他們的下部組織的王國騎士裡，也已經沒有會礙事的人了。雖然沒有正式的支持者，卻也半推半就地變成可以推行計畫的狀態。事到如今才要強出頭我也會很頭痛。）

所謂的王，光是活著就有其價值。除此之外，櫂人對他別無所求。

因此，櫂人是為了跟其他人見面而造訪此處。

那個人正是在許多貴人中，收容時鬧出最多紛爭的存在。

櫂人不斷深入洞穴的內部。愈是向下走，擦身而過的人影就變得愈少，甚至到了難以相信這裡發布了戒嚴令的地步。櫂人漸漸產生負責戒備的人都消失了的感覺。

在狀似捲貝、描繪著複雜螺旋的道路上，櫂人一直走到最底部。

斜度消失，地板恢復成水平。道路朝左手方向延伸。然而，途中卻被互相纏繞的根部堵住。這裡乍看之下似乎是死胡同，然而獸人、亞人、以及人類士兵卻在根部形成的牆壁前方待命。櫂人在他們面前停下腳步。

擁有鷲頭、手臂上殘留翅膀退化痕跡的獸人行了禮，亞人與人類士兵則是毫無反應。

吸了一口氣後，櫂人對他們說話。

「我接到了『覺醒』的通知。雖然『教會』不算在內，不過我事前有從各種族的代表者那邊得到審問許可——讓我過去。」

「我有被告知過，請進。」

獸人做出回應之際，世界樹也在動著。根部發出壓輾聲，打開嘴巴。

遮蔽物消失了，視線前方延伸著一條直線通道。這裡完全沒有人影或是裝飾物這一類的東西，單單由新鮮樹木那種白色構成的空間一味地延續著。

櫂人認真地眺望好像會讓時間感錯亂的光景，輕輕舉起單手。

「謝了，我去去就回。」

「畢竟對方是那個人，請您務必別大意。」

「還有——請不要被弄傷。」

最後那句話是人類士兵補上的，亞人果然還是沉默不語。櫂人背對他們嚴肅的視線進入內部，根部立刻蠕動、再次建構出牆壁。換言之，回去的路消失了。櫂人點了點頭，再次默默地邁步前行。

眼簾漸漸映入穿著緋紅色衣服的少年的身影。櫂人不由得皺起眉心。那幅光景中，有著人類皮膚表面浮現一滴血的那種不祥感。

（纖細的女性手臂長出一根羽毛。）

血滴在白皙皮膚上震動，於不久後崩塌。

權人搖搖頭，揮開他在「世界的盡頭」目睹的光景。他努力地用開朗語調說道：

「嗨，辛苦了。」

少年深深地低下頭。他是教會的人員，原本是拉．克里斯托夫身邊的隨從。他與「重整派」毫無瓜葛，不能讓那邊察覺到「覺醒」。

權人目不轉睛地凝視他。少年有如領會似的點頭，朝旁邊移動一步。

刻著「森之三王」紋章的門扉，從緋紅色衣服的背後出現。

權人將手指壓上雕刻的表面。他加上力道後，門扉朝內側開啟，輕而易舉地令人感到愕然。寂靜無聲的濃密沉默迎接權人。跟走廊一樣，室內是以白色構成的。簡直像是醫院或監獄，空盪盪的除了簡樸的床鋪外沒有其他家具。

乾淨的床單上坐著一名纖瘦女性。

黑色長髮從纖細背部流曳而下，描繪出充滿光澤的河川。女人應該有聽見開門聲才對，但她卻只是一動也不動地凝視牆壁。在她的視線前方，「空無一物」。

這個房間位於世界樹的底部，沒有窗戶之類的東西。

即使如此，她還是持續凝視著一點，就像可以看見些什麼似的。

「心情如何呢——『聖女』大人？」

權人用自己也覺得很諷刺的聲音如此詢問。

女性初次肩膀一震，她緩緩回過頭。

那是被法麗西莎的私兵團在「世界的盡頭」回收的「哄笑女」。
是破壞舊世界，完成重整的「受難之女」。
「聖女」的清澈雙眸如同鏡子般映照出櫂人。

＊＊＊

「我已經不是『聖女』了喔。」
這就是「聖女」的第一句話。

她沉穩地搖頭，烏黑柔亮的秀髮伴隨光環搖曳著。
她外表的年齡還很年輕，然而一舉一動卻不可思議地滲出老態。同時，纏帶在身上的氛圍也讓人覺得她像是生下許多小孩的母親。
櫂人緩緩瞇起眼睛。
現在的她確實沒有流下血淚，也沒有被倒吊著。她只是穿上狀似囚犯或是病患的白衣坐著而已，實在很難說那副姿態是所謂的「聖女」。
然而，櫂人還是刻意地重覆說道：

「不，妳是『聖女』。破壞舊世界、進行重整、創造出現在這個世界的人物——是教會信仰的對象，也是生下一切的受難之女，同時也是母親——對吧？」

「教會的信仰對象……是，的。是這樣，沒錯。我有掌握到，這件事。雖然模模糊糊又曖昧不清，不過，我是明白的。沒錯，正如我所料。我變成了信仰的對象。被尊崇、供奉、堅定地信仰著。沒錯……啊啊，真無聊！」

聲音突然有了尖銳的音高。她的口氣中沒有熱情，同時還灌注了令人恐懼的憎惡。櫂人用全身承受那也像是小刀般鋒利的感嘆。

他沉默不語，就這樣等待著後續。「聖女」敲響整齊到詭異的潔白牙齒。

「明明對我的事一無所知。」

她用滲出沉重殺意的語調撂下話語。是可以看見些什麼嗎，「聖女」再次轉向前方，重新凝視牆上的一個點。「聖女」就這樣淡淡地繼續說道：

「即使如此，我還是——一直孤伶伶的。」

話語中斷。

沒有後續。

她再次變得一動也不動。那種沉默的模樣，讓剛才曾經在說話的事實都像在騙人似的。

櫂人搖搖頭，然後彈響手指。他用蒼藍花瓣與黑暗造出小椅子。這次的椅子是配合房間氛圍的木製樸素物品。坐到狹窄的椅面上後，櫂人凝視肩胛骨明顯突出的瘦小背部。他朝像是在拒絕一切的冷漠背影開了口。

「不肯說嗎？」

「說什麼？事到如今，還要說什麼？已經結束了，明明已經結束了。末日，呵呵，嗯呼呼呼。」

「聖女」微微顫動肩膀，詭異笑聲持續了一會兒。

誠懇地等待笑聲結束後，櫂人深深地嘆氣。他溫柔至極地低喃。

「妳一直忍到了現在吧？既然如此，妳心裡應該一直放著某件事才對。如果說沒人想要去知道的話……那妳在此時此刻說出『真相』就行了。」

「……真相？」

「長久以來，人們都只深信妳完成了重整。背負所有罪孽的『受難聖女』，其實也是破壞舊世界的稀世女罪人。妳犯下何種過錯，又打算償還些什麼？」

說到這裡時，櫂人頓了一下。他閉上眼皮，緊緊握住拳頭。

在「世界的盡頭」上演的光景，自然而然地在黑暗中復甦。櫂人瀕臨瘋狂地扭曲臉龐，然而依舊背對這邊的「聖女」看不見這個變化。正是因為如此，為了讓她安心——抑或是大意——櫂人維持聲音上的平靜，就這樣繼續說道：

「為什麼拋棄一切？」

「因為很沉重。」

回應得很快，權人啞口無言。「聖女」再次回頭望向他。異樣柔亮的黑髮滑順地掛上那道直挺鼻梁，清澈眼眸裡沒有可以稱之為生氣的東西。跟「世界的盡頭」原本的天空很類似的眼瞳是「空洞的」。另一方面，「聖女」用肉本身的柔軟度扭曲鮮豔紅唇。萬物之母用奇妙的方式移動它做出斷言。

「即使如此，你們還是沒有讓我繼續背負下去的價值。」

連一點點都沒有。

權人不由自主地感謝只有自己聽見這句話。

如果教會之人聽見的話，可以斷言光是這樣就有可能會自殺吧。無數人們長久以來獻上的感謝與祈禱，以殘忍方式將其捨棄的不是別人，就是他們的信仰對象。

凝重沉默充斥現場，先打破它的人是權人。

他浮現平穩微笑。輕輕點頭後，權人展開雙臂。

「嗯，我明白了。確實是這樣呢。」

「…………咦？」

「聖女」用慌張的模樣回過頭，她完全沒想到對方居然會表示自己可以理解吧，在這個行動中初次窺見到她的「人性」。

　　櫂人真摯地對驚慌的她繼續說道：

「妳會這樣想也是沒辦法的事情。祈禱這玩意兒，本來就是單方面的行為。信仰對象沒義務要接受它……而且『聖女』的真相長年以來隱藏至今，知道一部分的人士將其隱蔽，許多人則是不打算察覺擺在自己面前的矛盾，而且還悠悠哉哉地崇拜妳至今。深信『這樣做就會得到好報』、『會被拯救』……就妳所見，實在不能說這不是罪。」

「我……」

「不過，這種事怎樣都無所謂。」

　　櫂人維持著溫柔微笑，就這樣伸直手臂。他用單手緊緊掐住「聖女」有如水鳥般纖細的喉嚨。在這段期間內，櫂人沉穩的表情也沒有一絲一毫的改變。

「聖女」微微歪頭，但她的反應也只有這樣而已。她無法理解自己身上突然發生了什麼事。瘦小身軀被吊在半空中後，「聖女」初次開始雙腳亂踢。

　　櫂人用單臂抓著她，就這樣從椅子上起身。他用平靜的語調呢喃道：

「妳才是對我一無所知吧？」

「聖女」顫抖臉頰。我知道的——她正要如此低喃，卻又停了下來。被虛無填滿的眼眸裡閃過困惑。身為「聖女」，面對自己產下的一切，或多或少都有已知的感覺吧。然而，眼前這名少年卻屬於為數不多的例外。

就像沒人知道真正的她一樣，

她也沒打算去理解「他」。

「我的身體是贗品，這個靈魂也不是妳的子孫之一。就是因為這樣，我也沒義務聽妳吐露那個有如小鬼般的真心話……不，如果是別人的話語，我是會聽的吧。」

權人也有這個程度的情義。然而，就只有「聖女」不適用於他的同情心。權人閉上眼皮，在腦海裡想像自己在「世界的盡頭」目睹的光景。

一個女孩被荊棘綁縛。她從全身長出黑色翅膀，讓蒼藍薔薇綻放。扭曲又美麗的女孩渾身是血，用使壞的表情咧嘴微笑。

權人有如強忍淚水般顫動臉頰。然而睜開依舊乾枯的眼睛後，他低語道：

「很遺憾，我對妳抱持著殺三百遍以上都不會厭倦的怒火——所以，請妳冷靜地述說過去的來龍去脈。要是講得好的話，就用不著嘗試『妳有多能忍耐』了吧？」

「聖女」臉龐一僵。打從創世之際，她就與苦惱一同共存。什麼恐懼之事早已不復存在，應該是這樣才對。然而，就是因為嘗盡一切，平穩才會被打亂。

如今，「未知之物」就在她面前。

「聖女」用六神無主的模樣發出沙啞聲音。

「……我……不，你——」

「欸，我們應該和平地，有如朋友般道別才對。是吧？」

權人突然張開手掌，「聖女」垂直落下。她軟軟地癱坐在床鋪上，劇烈地咳嗽起來。「聖女」眼眸泛淚，抬頭仰望權人。現在她體內沒有寄宿「神」，也沒有「惡魔」。然而，與生俱來的魔術素質卻依然健在。

是用那對眼睛在權人體內看見了些什麼嗎，「聖女」抱住自己發抖的肩膀。

「你，不是，我創造的，東西。不，不但如此，你是……何物？」

「這個嘛——是什麼呢，妳怎麼想？」

權人如此反問，他在耳朵深處反芻令人懷念的聲音。

那像是已經百年以上的往事。然而，確實有人呼喚著權人。

用毫不客氣的聲音叫他執事(Butler)、蠢蛋、權人。

就算那個聲音的擁有者消失，這兒仍是有人呼喚著他。然而，如今她們都分散各地，為了與惡魔戰鬥而按照權人的指示行動著。

然後，獨自擔任「狂王」的少年聳聳肩。

數道血痕淒慘地從他的嘴角滑落。

掌握世界的將來的異界人類，用與過去全然不同的笑容接著說道：

「老實說，我也開始搞不懂了。」

那句話語飄逸瀟灑，宛如風兒般輕盈。同時也蘊含沉重的悲哀。

以人類的表情而論，那生硬笑容幾乎是「壞掉了」。

「聖女」茫然地眺望那副哀淒又滑稽的模樣。絕對不算短的時光流逝而過。她突然改變表情，「聖女」再次讓狀似母親般的沉穩氛圍纏上細瘦的全身。

觸動她的是瘋狂般的輕挑，亦或是大海般深沉的悲哀呢，此事不得而知。「聖女」只是用至今為止的頑固就像在騙人般的率直態度開了口。

「——那是好久、好久以前的童話。」

就這樣，孤獨的女人開始述說。

述說被稱作創世紀、未免也過於醜惡的悲傷逸話。

述說要稱它為童話、未免也過度扭曲的故事。

拉・克里斯托夫

生前被列舉為最高司祭的聖人之一。「纖細的養鳥人」平常會被粗大鐵鍊綁成擁抱自己的姿勢，然而與拉・謬爾茲不同，解放鐵鍊的時機全由他自行決定。胸部連同衣服一起被割開，裸露而出的肋骨內塞滿大量雲雀神獸。

4 「好久好久以前的童話」

這是童話。

想這樣稱呼的人就這樣稱呼吧。然而，它同時也是醜惡的故事。

總而言之，是好久、好久以前的故事。

舊世界的一切別說是紀錄，就連「歷經的時間」本身都消失了。得知發生過何事的手段沒被留下，能對舊世界發生之事提出證言的人，如今只有她一個人。

身為起始，同時也是末日的女人。既是虐殺者，同時也是母親的人。

「我存活的世界，曾陷入嚴重的戰爭狀態。」

「聖女」如此說了起來，權人輕輕皺起眉心。

據說舊世界裡不只是國家，也有許多不隸屬任何地方的組織跟勢力囂張橫行，為了霸權而鬥爭。歷史一邊被大義跟憎恨還有私欲，以及企圖與利權束縛，一邊不斷扭動渾身是血的身軀。然而如果把糾結複雜的狀態解開來，原因意外地單純，大致上可以分為兩類。

就是種族對立嚴重化，以及魔術技能的過度發展。

前者在世上撒布許多不滿與火種，給予各勢力相異的正義與自身行為正當的大旗。後者則是讓擁有才能的個人，或是優秀指導者的組織有能力擁有超越國家的武力，甚至以此自恃。也就是說，舊世界是「現在這個世發展數百年後」，陷入「致命性失衡」的狀態。然而在舊世界裡，上位存在──「神」與「惡魔」──雖然已經明確地得到證實，卻沒將祂們視為有可能接觸的存在。

「那個世界也是破壞後再重整的事物嗎……還是被『神』初次創造出來的存在呢，是哪一邊不得而知。不過，舊世界裡沒有以創世者為信仰對象的宗教。不存在唯一神雖令紛爭加速進行，然而由於沒有創世者的引導，與上位存在接觸被判斷為不可能的事情。因此舊世界得已免於『惡魔』的襲擊，以及『神』的降臨，然而……」

「妳卻在那時出生了。」

「嗯，是『我』。」

櫂人低喃後，「聖女」點了頭。

有時過度天才的人誕生，會帶給世界大轉機。

以農村故鄉被燒光、家人慘遭殺害一事為觸發點，她讓自身才能開花結果。被國家扔進魔術學園保護，又以最年少之姿畢業後，她以「殲滅兵器」的身分走遍各地戰場。不久後，她在自己製造出來的焦土面前湧現某個疑惑。

人類跟亞人還有獸人，對她而言都只是一捏就扁的螞蟻。

弱小的人們為何有必要自相殘殺，跟不同種族互相廝殺呢？

自從早早察覺到自己的異常性後，她就將才能隱藏起來，然而她的魔術適合度仍是超出了世俗的常識範疇。偶然得到強大魔術師後，國家開始策劃長年以來心心念念的領土奪還計畫，然而當時的她已經對這種「微小的視點」失去了興趣。

追根究柢，是因為敵國給予棲息在村莊附近的獸人武器，才製造出讓她家人被斬斷四肢燒死的原因。然而，她既不憎恨也不怨懟。而且她知道將悲劇抽絲剝繭的話，就是因為她的祖國背叛，才會讓原本重情義的獸人做出如此惡行，而且更深入追溯的話，雙方對立的主要原因也被懷疑與他國有關。

過度超越生者的力量，讓世界看起來很平坦。

這個憎恨的連鎖毫無意義，她如此做出結論。

「我只是、只是覺得很不可思議。」

她用雪亮雙眼理解了現狀。國家因爭鬥而疲弊，人心動盪不安。戰爭的消耗遍及整片大陸，這樣下去無法免於同歸於盡。然而，她立刻學到了一些事。

學到「大家早就明白這個道理」，還有「然而卻無法停下」。

魔術技能的鑽研競爭，因害怕落後他國而陷入失控狀態。無人掌握各自的發展狀況，所以不可能同時停止這件事。經濟與物資的流動也變成以戰爭為食糧的形式，會因為休戰而蒙受致命性損失的人們，滿腦子全是火上加油的念頭。不顧後果的洗腦教育在孩子們心中植入根深蒂固的憎恨，可以預料對爭鬥的疑惑以及最初的目的意識，都會隨著世代交迭而漸漸消失。

沒有優秀到堪為調停者的大國，也沒有擅長將壓倒性勝利納入掌中的勢力。

不久後，她歸納出一個獨特的結論。為了脫離這片泥沼，需要某個事物。

「也就是不存在的強大抑制力。」

舉例來說，就像「神」或是「惡魔」那樣的存在。

就她所見，人類跟獸人還有亞人都是平等的。生者全無知又愚鈍的畜牲。

所以，非拯救不可。

心懷救世的決心，她進入行動階段。

只要能召喚出來，「神」跟「惡魔」都能成為無可匹敵的戰力。將構想與論文提交給國家後，她如同計畫般取得大量預算，開始著手進行研究。

現今的世界裡，存在著要召喚強大惡魔，就得先吃其肉得到力量的致命性矛盾。然而比起現在的世界，舊世界的魔術技能多發展了數百年，而且還有她這個以天文學機率發生的罕見容器。

就這樣，短時間內就確立了——以前弗拉德曾經提及——在異世界這裡預料還要等上兩千年的上位存在召喚法。然而在命運的那一天，她雖然試圖召喚「神」，卻沒能成功。不湊齊某種條件，「神」就不會行動。

如此做出結論後，她挑戰了「惡魔」的召喚。祂順利現身——

「世界，壞掉了。」

啪的一聲。

比肥皂泡泡破掉還要輕易地。

＊＊＊

「神」創造世界，「惡魔」毀壞世界。

「擁有這種性質」的這件事本身，就算在舊世界裡也已經得到證明。然而，在這個沒人跟上位存在接觸過的世界裡，有一部分的預測太天真了。與實驗中召喚出來的下位惡魔相比，最高位的「神」與「惡魔」就連存在理由都不一樣。兩者就只是「為了破壞與重整的系統」，祂們不會主動打算設置交涉的餘地。而且她雖然是至高的容器，與上位存在接觸的經驗卻很淺薄，也沒有對「惡魔」的抗性。

「惡魔」依附在她的身軀上，自動完成了使命。

在既短暫又漫長的時間裡究竟發生了何事，她無法正確地記得。

只有彷彿惡夢的記憶片段，朦朦朧朧地殘留在腦海中。

異形掩埋天空，大海化為黑與紅色平原，蒼藍刀刃分割國土。還有黑色巨人，四處的空氣都變成玻璃質地，大地氣泡化。自己的身軀被縫住，薔薇群怒放。宛如蟲子般不可靠的抵抗，以及怨恨聲。連孱弱懇求到最後都變成殺意四溢的怒罵聲。

可恨的□□□，駭人的□□□，醜惡又殘忍的□□□！

受詛咒吧，受詛咒吧，受詛咒吧，受詛咒吧，永遠受詛咒吧，■■■！

回過神時——

她已經在「空無一物」的場所。

打個比方來說，此地就是純白色的畫布，或是黑漆漆的畫布，並未繪上「具有意義」的圖畫。美麗又扭曲地完成的繪畫被弄傷，喪失了一切。

是一切。

因此，她必須完成贖罪。

讓世界空白一片，就這樣棄置在一旁是不被允許的行為。因此，她再次嘗試召喚「神」。在遭到破壞、重整條件到齊的世界裡，「神」平安無事地降臨了。

用「神」的命令讓「惡魔」沉眠、好不容易才有辦法控制祂後，她讓「惡魔」脫離自己的身體。然而，她卻沒能廢棄自己與「惡魔」的契約，讓祂返回上位世界。

為了違約，她必須直接對「惡魔」下達命令。然而在「神」抑制「惡魔」的期間，契約者的命令會被更上位的命令阻隔而無法傳達。既然如此，那就先放棄跟「神」的契約——她雖然這樣打算，然而在這種情況下卻得放棄「重整」這件事本身。

她一邊糾葛，一邊摸索其他方式。

如果是「重整」結束後，有辦法放棄跟兩者的契約嗎？這也是不可能的事。新世界完成後，排除在降臨條件外的「神」會自動進入沉眠，讓「神」寄宿在體內的她也一樣。妨礙「神」自身的規則，也就是「重整」與「之後的沉眠」，讓祂採取其他行動，就算以她之力也不可能做到。就連選擇自殺這種相當於強制解除契約的行為，她也做不到。

如果是連「神」都能完美驅使的強者，或許也能採用其他的方法吧。

然而，她實在是做不到。

即使如此，姑且還是存在著逃避的方式。為了繼續安穩地沉眠，神會希望「契約」繼續進行下去。然而，契約的對象卻不拘。因此只要有締結契約的瞬間不會壞掉的人存在，就有可能將重擔推給對方。然而，在一片白紙的世界裡也不可能有符合的人選。

如今唯有放棄一切，她才能以人類之姿死去。

然而為了成就「重整」，她選擇了永生的道路。

就在此時，櫂人開了口。

「等一下。用『神』的力量抑制『惡魔』嗎……所以『惡魔』才被封印在地下陵寢，而妳則是在體內只留下『神』的狀態下沉眠嗎？」

「嗯，正是如此。」

「——本來『惡魔』只有在『神』決定要破壞世界時才會顯現。另外，祂也不能一開始就破壞『神』重整的事物。條件沒到齊，就無法召喚『神』……也就是說，可以認為『神』這個存在跟『惡魔』是成對的，但階級本身卻較高。」

「就我的經驗而論，這個推測正確。就是因為這樣，我才能在契約狀態下將『惡魔』排除至體外，卻不得不一直持有著『神』。」

而且，就算讓「神」寄宿在體內，她仍是稀世的大罪人，其雙肩扛著沉重的罪孽。因此她必須創造天空、創造大地、產下大海才行。

接著創造人與獸人，還有亞人，最後則是休眠。

這正是她賦予自己的命運，從贖罪中逃離是不被允許的。

她默默地進行「重整」，一邊思考。

在後世，每個人都會尊崇她吧。跟昔日漸漸滅亡的人們對她發出的怨嘆聲完全相反，她肯定會被視為「聖女」獻上所有讚美。畢竟她即將成為萬物之母。她甚至會以為了孩子們而犧牲的「受難聖女」之姿，聚集信仰心吧。然而，面對可預期的讚美，她卻絲毫不感到自豪跟喜悅。

永永遠遠也不會有人去思量她的真心。

不會想去知道她被安排為「聖女」這個角色前的模樣，也不會去尋求得知真相的方法。

她無意責備此事。因為打從上一個世界開始，民眾就是這種生物。

他們總是只聽自己想聽的話，只看自己想看的事物。

羊群本是愚昧之物，這是正確的。

然而，這真的不是罪惡嗎？

所謂的無知，不是應該被扔石頭的行為嗎？

她如此心想，在一片白紙的世界裡再次思考。

為何自己想要拯救一切。

事到如今，只能說這是極為傲慢與自大所導致的鬼迷心竅。是擁有強大力量因而出現萬能感，進而產生的致命性過失。但她實在無法認同想要完成些什麼的行為是應當被輕蔑、責備的。

什麼都不做的話，那個世界無疑會滅亡。

她也明白就算知道此事，也沒有任何人打算採取行動。

「即使如此，我還是——一直，孤伶伶地。」

一直孤伶伶地戰鬥至今。

為了拯救一切。

然而，她卻不被原諒，他們則是得到原諒。

這就只是矛盾而已。

既然如此，會不會是他們的存在方式本身，打從一開始就有問題了呢？

她被這個想法附身了。煩惱許久後，她創造了醜陋又可愛的、只屬於自己的隨從。她命令他發展流通的基礎，幫助新世界繁榮。為了不出現重蹈覆轍的人，她也將自己與「神」還有「惡魔」的相關基礎知識有如訓練般傳授給他。從自身分離的「惡魔」的處置方式，也決定託付給後世處理。

而且，她還將惡魔的肉塊交給他。

「如果新世界還是什麼都沒學到的話——」

受到狂信與私欲驅使的人出現時，或是自願在毀滅中擔任一角的人誕生時，就如同要讓花朵鮮豔地綻放般撒下惡意的種子。

「到頭來，我還是太晚察覺到了。」

她心中有著深沉的懊悔。在救世之後，她手中還剩下些什麼？

頭到來，她拯救了自己的、或是他人的什麼？

什麼也——

什麼也沒有。

跟小時候一樣，她沒能拯救任何事物。

而且在重整後的世界裡，果然還是沒生下有價值的人。在毀滅與再生之後，三種族也犯下同樣的過錯。渴望力量的人現身，負責討伐的人出現，開始走向末日。
她再次確信，生者都只是無知又愚鈍的畜牲。
「這世上，根本沒有任何人值得保護。」
孤傲的天才總算察覺到這個事實。
就這樣，「聖女」放下了自己扛起的重擔。
就只是如此而已。
至今為止的悲劇——喜劇，就只是這樣的故事。
「可喜可賀，可喜可賀。」

＊＊＊

第三次的凝重沉默，寂靜無聲地落下。然而，沉鈍的拍手聲立刻打亂了它。
權人舉起雙臂，拍響手掌。他的行動中完全沒有冒瀆「聖女」的意圖。權人只是默默無語地讚賞她的故事，卻沒表現出感同身受或是同情的反應，同時也沒責備她。因為他曉得跟

「聖女」述說的內容類似的逸話。
（某處有一個女孩。）
她試圖阻止無人能阻止的人，因此成為了稀世的罪人。
（某處有一個少年。）
他在漸漸毀滅的世界裡得到強大力量，同時下定決心要拯救無知又愚鈍的畜牲們。正如「聖女」所言，這個決心是傲慢的態度，也可以說極為自大。然而就想法而論，「狂王」與「聖女」之間也存在著明確的差異。
櫂人將愚昧的羊群視為尊貴存在。
（人類與獸人還有亞人都是平等的。所有生者都是無知又愚鈍的畜牲，「卻也比一切都還要尊貴」。）
另外，「狂王」還有一個無論如何都想實現的心願。拯救一切云云的豪言壯語頂多只是做那件事時「順手而為」罷了。在那些把性命託付給自己的人們面前，櫂人雖然沒說出口，卻也曉得一旦妨礙到那個目標，自己將會捨棄救世這一邊。
他對自己這種狀似瘋狂的危險心態，以及對少部分人以外的冷酷有所自覺。
（也就是說——我的救世不是為了「某人」。是我在自己能力範圍內進行的、僅僅是為了我自己的任性舉動。）
他回想「拷問姬」在「世界的盡頭」說出的話語。

『別自以為是——不論是要拯救或是毀滅世界，都只不過是個人的任性喔。』

（就算「什麼也」沒留下——只要能貫徹到底，我就無怨無悔。）

無論自身將會迎來何種結局都一樣。

為了被逼到絕境的弱者，獨自一人打算背負一切的奉獻確實很尊貴。然而，櫂人是知道的。世界並沒有美麗到會去回應無償的慈愛。

如果會產生後悔，就不應該犧牲自己。畢竟根本不會有回報。世界實在是太過無情，然而矛盾的是，裡面卻也裹著確切的光輝。

因此櫂人許下心願，想要將它撈起。他將手臂伸進也沉入利刃的泥沼。然後，他要一邊承受無數道傷痕，一邊抓出寶石。

如今，他成功取得為了做到此事所不可或缺、而且從他處難以取得的情報。

櫂人從椅子上起身，他對再次凝視壁面的「聖女」開口搭話。

「那麼，抱歉讓妳說了這麼久的往事。謝謝。我不會再對妳有更進一步的要求。之後人類、獸人、亞人、還有各種立場的人會前來問話吧。舊世界的魔術技能似乎很發達，不過如果妳能別洩漏危險情報的話就幫大忙了。對妳而言，這樣也比較好。妳擁有的情報的危險性與重要性傳得愈遠，安全也愈得不到保障。或許會有人選擇比我剛才還無情的手段渴望獨占情報。」

「說了，愚昧的話呢，你啊……喇叭被高聲吹響、薔薇怒放、翅膀展開。末日明明不是將近，而是已經『造訪』了說。」

「的確。至少妳是如此堅信的吧。正是因為如此，我覺得妳可以自由自在地活下去了。雖然卸下肩上重擔後應該就會死去，妳卻像這樣在末日來臨前的這段期間內得到延期。沒有任何人有權妨礙這件事。」

櫂人溫柔地如此告知。他語帶暗示，催她使用舊世界的魔術逃亡。

「聖女」歪歪頭，她露出看似女童般的稚氣舉止。櫂人微微察覺到「聖女」這種稚氣舉止的理由。她難以測度他是敵是友，所以才露出這種不安。而且，「聖女」恐怕希望櫂人是站在自己這邊的。

然而櫂人一邊眺望她在新世界無依無靠的模樣，一邊殘酷地在內心做出斷言。

（很遺憾，我哪邊都不是。）

他無意非議孤獨地戰鬥的女性。

另一方面，櫂人對「聖女」也有私怨。

「如妳所望，妳已經是一個普通人了。在喜歡的地方生活，隨妳所願地去死就行了——不過，製造出這些光景的人是妳，別忘了這件事。」

如此低喃後，櫂人彈響手指。他讓蒼藍花瓣閃過自己的手腕。櫂人一臉沒事地割斷自己的動脈，皮手套與袖子的縫隙中噴出大量鮮血。

飛濺至牆壁後，紅色開始蠢動。

「聖女」眨了眨眼，血液在她面前形成有意義的形狀。

地下室裡被造出了「窗戶」。

「聖女」頑固地凝視著的那一點，映照出外界的光景。

「…………………………………………………啊！」

她目瞪口呆地張大嘴，發出聲音。櫂人簡短地點頭，「聖女」總算也察覺到了吧。打從剛才開始，她就有如在說自己能夠看到些什麼似的凝視壁面。

然而對「聖女」而言，「其實什麼都看不見」。

（『所謂的無知，不是應該被扔石頭的行為嗎？』）

諷刺的是，櫂人回想她自己剛才低喃的一段話。

據「聖女」所言，她只模糊地擁有末日時的記憶。

換言之，她並未直視過如今映照在「窗戶上」的事物。

在這個世界裡，「神」與「惡魔」同時降臨了。本來這是不可能發生的異常事態，因此破壞的過程也跟舊世界有一些差距吧。

即使如此，狀況的悲慘度仍是沒有絲毫不同。

在窗戶的另一側，鮮血飛散，淒絕悲鳴響起，數百道聲音在哭叫。

上演的光景，全部都是實際發生在這世界某處的事實。

那是只能用地獄比喻的景象。

＊＊＊

像是兔子的巨大侍從兵，有如紅蘿蔔般喀哩喀哩地啃咬活生生的老人。搬運砲彈的士兵被黑色的物體抓至空中，在淒絕慘叫聲後只剩下皮膚回到原處。女性一邊被只有消化器官的生物溶解，一邊死命掙扎試圖推開嚎啕大哭緊抓不放的親生小孩。在焦黑的屍骸山上，失去雙臂的亞人一邊大笑一邊無意義地狂舞。櫂人跟「惡魔」御柱之間有連繫，因此正確地掌握著發生在各地的悲劇。

掌握著那些事實——卻又對一切見死不救。

（我無法拯救一切。）

櫂人並不是神。就算能夠誇下海口要「拯救世界」，也不可能連「個人的悲劇」都打撈起來。無論怎麼掙扎，都不可能對那些悲劇一一伸出手。

同時他也曉得，不只是現在，這世界就是地獄。有大量的人們尋求救贖，每個人都像前世的櫂人那樣拚命訴說著。

快來人幫忙啊。

請救救我。

櫂人連一眼都沒看，就捨棄了那些話語。結果，他們痛苦萬分地死去了。

（不能忘記這個事實。）

權人認為自己的目標比世界還重要。他並不後悔。然而，就算記住這件事也沒意義。至少跟死去的人們沒有任何關係。

即使如此，權人仍是不准自己從這個事實上面移開目光。

（連那個都忘記的人，根本沒資格呼吸。）

超凡入聖的力量會讓世界看起來很平坦。然而，所謂的「末日」是一個個悲劇的累加。忘記這一點的話——無論如何都無法去愛世界。

「聖女」茫然地眺望眼前的光景。

她過去應該也曾目睹末日來臨的片段光景，但「聖女」恐怕在自己也不知不覺的時候，對個人的悲劇盲目化了。

權人忽然把與慘劇無關的話語扔向纖細背部。

「『肉販』是個好傢伙呢。就算被他背叛，我還是喜歡他喔。」

「聖女」歪歪頭，她感到不可思議地仰望他。

她露出不懂對方在說什麼的表情。啊啊——權人如此心想，他簡潔地感到絕望。

同一時間，「聖女」也問出權人意料中的那句話。

「……『肉販』？」

「啊啊，是嗎……也是呢。」

「肉販」本來是沒有名字的。

他只不過是使徒，是撒在世界上的惡意種子。「聖女」應該掌握著他的行動才對。然而，她卻不去知曉他自稱「肉販」，而且受到大家歡迎的事實。

『真的很感謝各位──長年以來的愛護。』

曾經耳聞的話語自然而然在櫂人耳中重播，他用力閉緊眼皮。「肉販」為了使命放棄快樂的事，將堆疊起來的回憶歸零。把對自己大叫別死的人的情感，連同自身的手臂一同割捨。

因為有人對他說「謝謝你出生在我身邊」。

就只是為了這句話。然而，她本人卻不曉得他割捨的事物。

甚至不打算去知道。

「人只聽自己想聽的話，只看自己想看的事物」。

至今為止，她口中連一次都沒出現過他的話題。

櫂人深深吸了一口氣，然後緩緩吐出。用單手輕搔褪色的褐髮後，他輕聲低喃。

「妳剛才有說，『即使如此自己還是一直孤伶伶的』……獨自忍受至今吧？」

「嗯，因為那是事實。」

「有點不對喔。」

櫂人搖搖頭。隔了半晌的沉默後，他彈響手指消除木製的樸素椅子。

那隻手腕上的傷口早已不留半點痕跡地癒合。櫂人邁開步伐，在靴底響起規律聲音。然而，他卻在門扉前停下腳步，翻飛黑衣下襬回過頭。

他浮現甚至可以說是溫柔的微笑，接著說道：

「妳只是自己選擇孤獨而已。」

就這樣，如今「聖女」身邊空無一人。

就連她醜陋又可愛的隨從都不在了。

「聖女」一臉困惑地環視室內。「窗戶」仍然殘留著，裡面上演著殘酷暴虐的地獄。讓世界走上破滅的悲劇一個又一個地重疊。最初，聖女微微扭曲臉龐。她二度召來了這幅光景。

是打算拯救一切，卻在最後創造出來的事物。

「聖女」用細微的顫抖聲音詢問櫂人。

「你，不殺掉，我嗎？」

「為何？」

櫂人維持著令人感受到壯烈感的平穩表情，就這樣反問。

回應很快。她有如依賴、像是責備似的大吼。

「我可是稀世的罪人喔？」

「所以呢？」

「你對我……應該有著怎麼殺都殺不夠的怨恨吧？」

「噢，已經沒差嘍。無所謂了。」

櫂人不以為意地做出斷言。他用適合這個語調的輕鬆舉動推開門扉。然後停下了腳步。

櫂人沒回頭，再次閉上眼皮。

在王位大廳那邊，「肉販」一邊哼著怪歌一邊現身。伊莉莎白開口抱怨「吵死人的傢伙」。兩人熱鬧的互動掠過腦海，消失至昏暗的深處。櫂人在此時睜開雙眼。他沒去確認「聖女」的動作還有表情。櫂人望向前方，就這樣接著說道：

「開心吧，因為妳的心願都實現了。」

就這樣，瀨名櫂人閉上門扉。

在那瞬間，他覺得自己好像在視野角落看見拚命伸長的手臂。還有某物敲擊耳膜。是懇求，或是罵聲，還是某種提問？然而，櫂人甚至沒去思考這件事的正確答案。他從老實地等待著的守門人少年身旁通過，就這樣踏上歸途。然而出口卻是堵住的，他也明白這件事。

正因如此，來到少年的身影已不復見的地方後，櫂人忽然停下腳步。

「嘔、嘎、啊……咕嘔、嘔噁……」

他將腹部彎成弓形，吐出大量鮮血。混雜著肉塊的紅色咕啵咕啵地從喉嚨溢出。櫂人用力壓住胸口，拚命調勻呼吸後抬起臉龐。

櫂人一邊忍受駭人劇痛，一邊淒絕地嗤笑。

「——第四波差不多要來了嗎？」

他彈響手指。溢至地板上的鮮血蠢動，自然而然地開始描繪魔法陣。蒼藍色花瓣在白色空間裡飛舞。以櫂人為中心形成圓筒狀牆壁後，耀眼光華出現裂痕，然後消失。

在那之後，沒有任何人、也沒有任何事物留下。

「狂王」與「聖女」的邂逅，就此告終。

5 與「第四波」的戰鬥

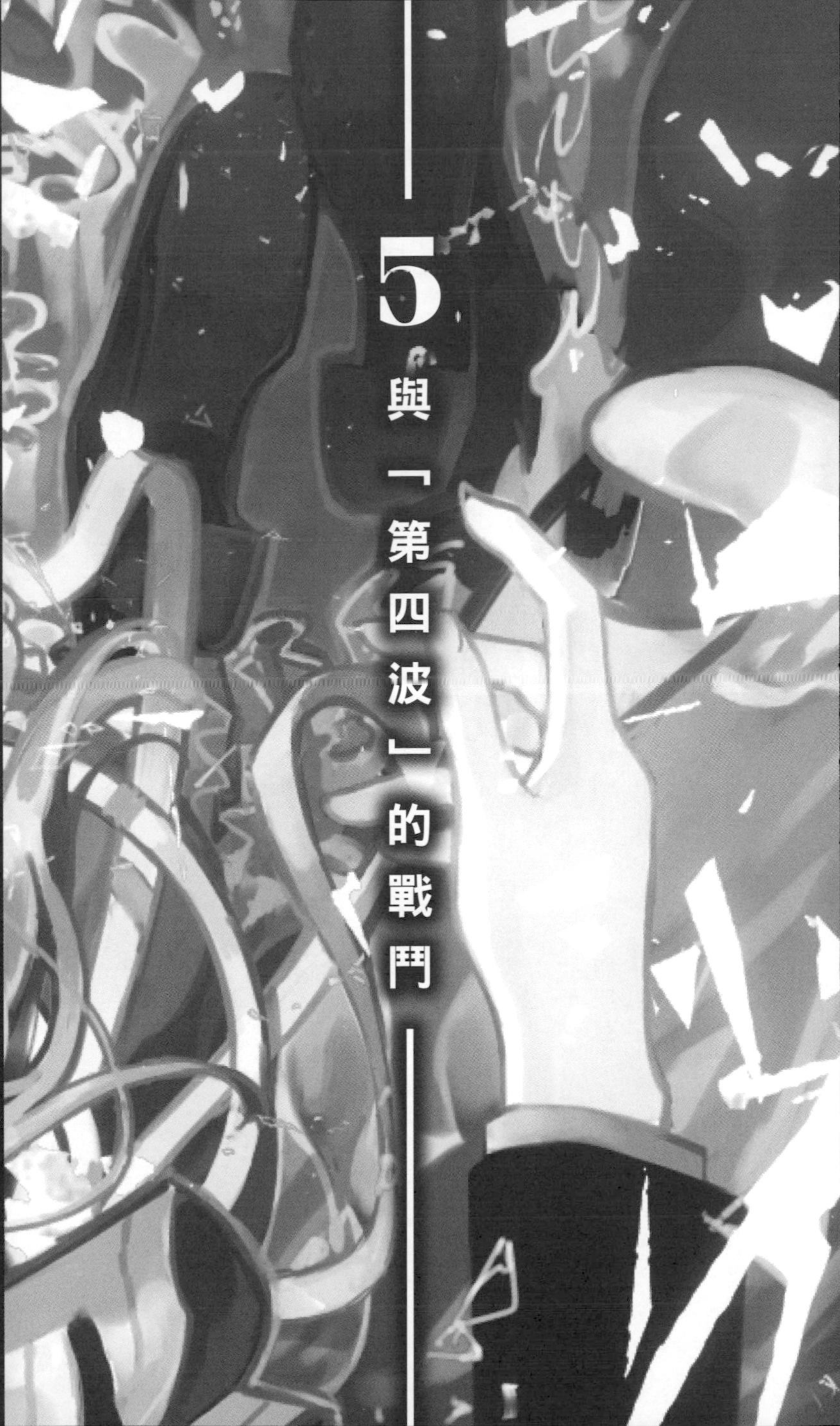

「惡魔」御柱排出第四波後，「極北海岸」也隨之產生各種異變。

黑雲湧現，海卻沒有動。

雷鳴發出光芒，聲音卻沒有響起。

海潮聲鳴響，水卻沒有震動。

如今在「極北海岸」前方，是一大片宛如鏡面般平坦的海洋。這是絕對不可能自然發生的現象。就算大海因為氣溫突然變化而凍結，如此程度的異常本來也不會成立。海面完全忘記起浪，直到遙遠的水平線都是風平浪靜。而且從邊緣處一點一點地、被黑與紅漸漸染上斑點。

有一名士兵試著丟出貝殼，它喀的一聲發出輕響彈了回來。不只是外表，海在物理層面上被凝固了。無音且平滑的險惡變貌持續著。

「這、這是……」

「哼，簡直像是人造物呢。說到類似的東西……我想想，想成為了保全技術而保護在人類王都的玻璃工匠們總動員造出來的板狀工藝品比較接近吧……話說回來，它的規模很大，而且感覺很不祥就是了。」

如此說道後，法麗西莎冷哼一聲。確實，把最初的變形視為「用混合黑與紅的巨大有色玻璃蓋在海浪上」——先不論這種異常性——多少可以理解一些。不久後，放眼望去的海面都被凝固，同時變形也進入第二階段。

水平面的另一側有無數影子開始蠢動。

察覺到細微的異聲後，獸人們豎起耳朵。

結果，他們陷入毛骨悚然背脊僵硬的下場。啪噠、嗶、啪噠、嗶、啪噠。肉與脂肪吸住硬物，分離，然後又吸住的濕黏聲音接近而來。

第三波為止的大部分侍從兵是用翅膀飛過來的。然而，第四波似乎是移動具有黏性的身體爬行前進。之所以凝固大海，恐怕也是強逼環境配合進軍方式的變化使然吧。

在一部分黑雲湧現的晚霞天空下，大軍不慌不忙悠然地爬過來。儘管如此，猛烈的氣勢卻逐漸逼來，產生除了空間與時間被扭曲外別無可能的矛盾。淒絕聲音忽然侵犯現場，確認腳步聲的獸人們一齊捂住耳朵。

悲鳴傳入耳中，它聽起來似乎很開心。

嘲笑傳入耳中，它聽起來也很溫柔。

演講傳入耳中，它同時也是無聲的。

懇求傳入耳中，它下達去死的命令。

似乎洋溢著情感，聲音的實態卻很空洞。感覺像是極有意義，各自之間有沒有一丁點連繫，一切都支離破碎亂七八糟。正是因為如此，感覺極詭異又恐怖。

在令人不悅的音波中，異形們終於現出全貌。

在那瞬間，除了聖人以外的士兵們有一半喪失了戰意。

它貌似人類，也接近亞人或是獸人。同時跟任何一個種族都大為不同。

它擁有三種族所有的身體部位。換句話說，它的身軀是只由「部位」構成的，連可以明確稱之為「胴體」或是「頭部」的地方都沒有。它讓手臂跟腿部還有耳朵、心臟和肺部、腸子等等複雜地糾纏在一起，朝前方移動。雜亂地切斷三種族各自的軀體，故意露出內臟跟性器官，盡可能以冒瀆方式重新接起來的話，或許就會「變成這樣」。

它光是存在，就冒犯了生者的尊嚴。

士兵別無選擇地被龐大的恐懼感襲擊。會被變成那東西；或是被它吸收的絕望充斥在海灘上。有許多人發出呻吟，其中甚至有人失禁嘔吐。

「……嗚，啊，啊啊……啊，啊……」

「被恐懼附身之人退下！與敵人接觸前就敗北的愚昧之徒，我軍不需要！」

法麗西莎無情地下達宣告。被銳利聲音叱責，獸人們重新舉好武器。然而，他們的耳朵跟尾巴卻沒能停住自然而然表現出膽怯的動作。

即使如此，恢復正常的人們仍是為了鼓舞自己高聲喊道：

「來吧，你們這些臭怪物！」

它傳回嗤笑。（同時大叫。）
它織出歌聲。（同時沉默。）
它寫下祈禱。（同時嘲笑。）
它大聲哭泣。（同時嗤笑。）
它傳回嗤笑。（同時————）
它————（————？）
它————————（————————！）

瞬間，慵懶聲音響起。那是至今為止都不在這裡的、某人的低喃。
那道聲音，輕而易舉地抵消化為空氣震動的咆哮。

「吵死了。」

「——咦？」

「嘿，咻。」

一名士兵做出恍神的反應。同時，一條人影用完全不適合現場氛圍的輕鬆態度在海面上著陸。纖瘦少年讓帶有鐵鏽氣味的風飄揚黑衣下襬並抬起臉龐。他看起來毫不畏懼侍從兵的醜惡。那副模樣實在太自然，正是因為如此，感覺即異質又詭異。新的動搖在現場擴散，然而少年卻無視任何反應，逕自伸直手臂。

他堂堂正正地彈響手指。

「『重現串刺荒野(Impaled Victim)』。」

海上有其他色彩在亂舞。蒼藍花瓣與黑色羽毛氣派地從天而降。

瞬間，它們發出嘎嘎嘎嘎的聲音，被染上黑與紅的大海破裂了。海浪底部長出無數鐵樁。它們有如用銳利尖端貫穿流冰似的，擊碎大海凍結的表面。

透明且正常的海浪從裂痕處大量湧出。然而，它卻被大量鮮血染成讓人起雞皮疙瘩的紅色。鐵樁也一起刺穿了在海面上爬行的侍從兵們。

它被高高地舉至空中，宛如被鐵條串住的獵物。

冒瀆的生物們讓三種族的部位蠕動，難看地掙扎。然而，鐵樁卻紋風不動。銳利的黑影們一邊受到夕陽照耀、被海浪洗禮，一邊堂堂正正地佇立著。

那副模樣，簡直像是無數墓碑正在閃耀似的。

讓鐵樁出現的人物——從世界樹回歸的瀨名櫂人低喃。

「什麼啊，還是可以正常地刺進去嘛……果然是中看不中用呢，那個。」

他嗯嗯嗯悠哉地點頭，回頭望向眾士兵，然後聳聳肩。真讓人失望呢——他做出尋求同意的動作，卻沒傳來回應。眺望僵在原地的眾人後，他眨了眨眼。

不久後，櫂人拍響雙手大聲呼叫。

「好了，不好意思，請聖人開始砲擊吧。因為第四波還沒完呢。普通武器對它也有效喔。我也會盡可能地斬斷、貫穿它們，不過漏網之魚就拜託大家了。乍看之下裸露而出的內臟像是弱點，不過魔力核心是隱藏在中央的眼球，請各位別搞錯了。」

「聽見了嗎，大家──既然能消滅它們，那就行動吧。『吾等聚集，等候於此』。」

拉・克里斯托夫有如什麼事都沒發生似的，莊嚴地張開雙臂。那張臉龐上看不見混亂的餘波。他似乎是保持著冷靜，等待全場冷靜下來。聖人們也回應拉・克里斯托夫的指示開始唱和，所有人開始在自身纏上清聖光芒。

雖然還是很混亂，士兵們仍是重整戰鬥陣形。

確認眾人的冷靜狀態後，櫂人用平穩表情點頭。但他立刻消去表情。「狂王」重新面向那堆肉。他讓自己的嘴角溢出血，就這樣再次伸出手臂。

宛如昔日的「拷問姬」般，「狂王」低喃：

「『由死亡誕生之人，回歸死亡吧』。」

就這樣，他啪滋一聲彈響手指。

＊＊＊

「敵人改變了進軍方式，所以我想去各地巡視一下。可以去嗎？」

「虐殺上千具侍從兵後，別像是在閒聊般地丟出話題。准了，去吧。」

「法麗西莎快人快語，真是幫大忙了。」

嗯嗯嗯地點頭後，櫂人將裝入自身血液的玻璃球放到沙灘上。繪出移動陣的那段期間內，他觀察「極北海岸」。

第四波的掃蕩平安無事地結束了。

沙灘上飄來無數片被鐵樁割裂的黑紅碎片。侍從兵的屍骸堆積在它們的縫隙間，就像被打上岸的水母似的。治療師用鐵鉤勾住其中一隻，為了將它回收而奮鬥著。因為他想分析屍骸，製造出侍從兵吐出的毒液的中和藥。狼頭獸人小心翼翼地幫忙拖動沉重肉塊。

新倒下的聖人與傷患，被緋紅色衣服的隨從與沒受傷的士兵陸續搬走。另一方面，身體狀況穩定回歸戰線的聖人們，則是一起接受著現狀說明。

大家已經習慣戰力的輪替了。兵士與聖人開始盡可能地交流。是能夠掃蕩外形駭人的異形所產生的成果嗎，士兵們的側臉上也寄宿著明確的自信。

這是好傾向——櫂人一邊思考，一邊皺起眉心。他沒有大意地思考。

（外表雖然不祥，但第四波的內容仍然在這世界的法則內……然而，第六波與第七波會完全地「脫離枷鎖」吧。以普通的兵力別說是應戰，就連抵抗都不可能。）

櫂人心知肚明，卻還是將險惡真相吞進胸口深處。

如今就算削弱士兵們的氣勢也沒好處。在這之後，侍從兵的模樣只會愈來愈不祥。戰鬥意願有可能被輕易夭折。到第五波為止，必須盡可能地維續高昂士氣。為此，櫂人默默無語地被蒼藍光芒裹住。

一被圓筒狀牆壁圍住，他的意識就噗滋一聲中斷了。

劇痛停止，再次出現，櫂人休克而死。

之後立刻自動復活，他緩緩睜開眼皮。

首先映入眼簾的是，成熟的夕陽。

「……這邊是晴天呢。」

喃喃低語後，櫂人傾斜視線。沙漠燃燒成金色，而他就站在延伸於其上的寬敞大橋上。然而，實際上石造建築物並不是橋梁，而是劃分亞人領土的牆壁。

在亞人國度，居住地是因應純血度分類的，人民不准自由遷移。這裡是圍住第二區域牆壁上方——正確地說，是設置用來監視跟整備的通道。

現在，那兒排列著數量多到壯觀的大砲。

砲擊的轟音與震動定期地搖晃周圍一帶。

「目標鎖定，射擊————————！」

前列的小型大砲配合指令一起噴火。被擊中的翼龍型侍從兵發出不悅聲音。效果不大，然而亞人們卻毫不在意地拉動繩子，迴轉砲台車輪讓它們退向後方。重新裝填火藥與砲彈時，下一列也進入砲擊程序。

「目標鎖定，射擊————！」

嘰ＹＡＡＡＡＡａａａａａＡＡＡＡＡＡＡＡ！

骨頭果然還是因為連續中彈而破碎，數隻因此墜落。在這段期間內，新的砲彈也同時被滑車跟人力搬運至此地。大砲的修繕也在牆壁上完成。在整備班與搬運班幹練的支援下，砲擊承受著一般而言不可能的連續運轉。

這是活用領土大量生產的火藥與金屬，以及高度加工技術的力技。

「情況依舊嗎？一度穩定下來後就是如此，這力量果然厲害。」

糴人對這副驍勇善戰的模樣撫胸鬆一口氣，一邊環視周圍。要找的人就站在砲擊隊遠方的位置上，糴人發出聲音向他揮手。

「亞古威那！亞古威那．耶雷法貝雷多！」

「嗯？哎呀，瀨名．糴人閣下，是在巡視嗎？還有，叫我亞古威那就行了喔。對異邦人而言，吾等的姓名的發音很難唸吧。硬是要說出口的話可是會咬到舌頭的。」

在也可以用來除沙的粗布長袍下方，戴著眼鏡的蜥蜴頭男人如此回應。

亞人贊同獸人的意願，如今以這種形式納入「狂王」的麾下。然而從世界樹那名士兵的態度也能清楚地理解，很難說整個種族都共享著這份認知。不論如何發出命令，他們雖然不會礙事，卻也貫徹著不合作的態度。

恐怕是擔憂日後的情況，不想留下站在「狂王」那一方的實績吧。

而另一方面，亞古威那的語氣卻很親暱。他是也有參加三種族聯合會議的高官，卻也對櫂人表示出一定程度的親愛之情。他這種態度的理由意外地單純明快。

（畢竟亞人是尊崇純血的種族。）

自從抑制第三區域的致命性損害，防止第一區、第二區遭受波及後，櫂人在戰地上的評價就扶搖直上。不同於其他場所的待遇，他只在前線受到歡迎。

換言之，這是託了亞人的種族性既厚臉皮又善於變通的福。

森嚴砲擊聲持續著。為了不輸給這道聲音，櫂人衝至亞古威那那邊。

他一邊壓住單耳，一邊大聲說道：

「敵人的種類從第四波開始改變了！這邊沒問題嗎？我覺得砲擊的頻率比之前造訪時還要平靜，該不會是襲擊本身變少了吧？」

「哎呀，看樣子您雖然沒確認，卻已經推測到了呢。可以去下面觀視喔。」

「──下面？」

「就是下面。」

亞古威那點了一次頭。他搖動長袖子，將銳利爪子指向下方。

櫂人靠向牆壁邊緣，率直地雙膝著地。探頭望向遙遠的地面後，他瞇起雙眼。

「……原來如此，也有過來這裡呢。」

一部分的沙海被黑與紅染上不祥色彩。從那兒產生的侍從兵伸出無數手臂，有如吸盤般使用濕潤的內臟在牆壁上向上爬。然而在牠們抵達前，用布片掩蓋嘴巴的亞人士兵們就衝上壁面。他們喀鏘喀鏘地帶響裝飾著鎧甲的鱗片，一邊傾斜有著刺鼻氣味的壺。黏稠性高的黑色液體黏呼呼地流下。

他們把侍從兵們渾身弄濕後，在一旁待命的人接著扔下火把。

火焰熊熊燃起，侍從兵們痛苦地掙扎。這擊退法不但毫不留情，而且還很簡潔。

櫂人發出一半愕然、一半佩服的聲音。

「啊……這方法既剛健又確實。侍從兵的外表沒讓大家感到絕望嗎？」

「哈哈，哪兒的話，哪兒的話。混合多種族部位的醜陋存在，跟身為『沙之女王』的吾等有某種關係吧。既然如此，就不需要什麼絕望。我讓牠們挨下了沙漠的害獸驅逐法呢……不過，這也是託各位在『極北海岸』擋下主力軍的福，不然就會被對方依多為勝了吧。在此致謝。」

亞古威那用手壓住自己的胸口，說出敬佩的話語。

櫂人雙膝著地，就這樣仰望亞古威那。他感到意外地微微瞪大眼睛。

「嚇我一跳……沒想到被你好好道謝的日子居然會來臨呢。」

「嗯嗯？從陷入絕境的第三區中救出倖存者，還有將第二區域與第一區域的損害控制在最小範圍的那個階段，我應該就已經道謝過好幾次了吧？」

「是呢……我也有這種感覺，不過當時我們雙方都太忙碌了。」

「哎呀呀，真是過分呢……其實啊，老實講是不是真的有說過，我也不記得很清楚。」

「那麼，既然對其他種族的活躍有好評，要不要再稍微試著放緩純血主義？」

「哈哈哈哈，您說了一點也不有趣的笑話。與『森之三王』不同，吾等的女王進入陰世的沉眠已經很久了。人數一味減少的種族之憂，外人是不懂的。」

亞古威那用乾笑回應櫂人的提議，他果然還是不打算改變想法。

櫂人深深嘆息。亞人的主張中，有著今後可能會發展成火種的煙硝味。然而，現在沒空擔憂或許會等在前方的種族間衝突。

（對我來說，也是只有現在才能說出口的事情就是了……沒辦法嘍。）

櫂人維持坐姿，就這樣眺望四周。沙子用同樣的形狀做出波浪，描繪陰影的模樣很是壯觀。這也是待在狹窄房間裡絕對見不到的光景。櫂人將它烙印在眼底。

同時，他也確認了視野內是否存在著「看起來亞人絕對無法應付的那種數量的侍從兵」。判斷平安無事、近期內沒有威脅後，櫂人點點頭。

「總之沒有緊急狀況的話，那我要移動嘍。第五波的來襲，間隔會比之前拉得要開……會是在明天的中午過後吧。在那之前如果發生意外的話，就聯絡我。」

「遵命，到那個時候我會毫不客氣地傳訊過去。」

「嗯，那就拜託了……那麼，稍微打掃一下我就要走嘍。」

「——打掃？」

櫂人用坐姿將身體傾向前方。

他默默無語，飛身躍出一頭栽向虛空。黑衣下襬翻飛。

櫂人上下顛倒地仰望牆上。

亞古威那背對夕陽西墜的晚霞殘光，眼睛瞪得老大。對他露出笑容後，櫂人將視線移回壁面。扭曲者們忽然進入視野。新的侍從兵們正踩踏著被燒掉的肉塊們，試圖爬上牆壁。衝到牠們旁邊後，櫂人彈響手指。

「————『燃燒(La)吧』。」

醜惡肉塊們從內部點燃火焰，異形們瞬間化成灰。

沙漠的乾燥風兒讓殘骸飛舞四散。櫂人在微細灰燼中墜落，一邊從口袋取出玻璃球，接著用手指彈出。紅色球體有如一滴血滴落般落至沙海上。

瞬間，空中編織出移動陣。

柔和光線以球體為中心，宛如蒼藍薔薇綻放般向外擴展。櫂人在原本應該是花芯的地點著地。同一時間，光之花瓣啪的一聲閉合。

櫂人就這樣開始移動。

「……怪物。」

在意識中斷的前一瞬間，他確實聽見了某人如此低喃。

櫂人甚至無瑕回應，意識就這樣被吞噬至黑暗中。

＊＊＊

想叫自己是「怪物」的視線雖然令人厭惡，但就評價而論大致上是正確的。

瀨名櫂人如此思考。

強大的力量伴隨著責任，同時當然也會被疏遠。畏懼、嫌惡、侮蔑、歧視、敵視、忌畏——反抗的形式五花八門。然而，有時也會被獻上稱讚。

在理解範疇外的存在會被敵視，接近理想之人則會被崇拜。

對生者而言，與自身有著莫大差距的存在就只有神或是怪物。

因此崇敬跟蔑視這兩種行為，可以說是同一枚硬幣的正反兩面。與宗教上的神不同，被某人「當成神崇拜的對象」，會立刻遭到翻臉，被貶為怪物殺害。反抗跟稱讚都是不講理的事物。然而，人類矛盾的行動也值得注入愛情。

無辜民眾害怕、敵視、尊敬有力量的人，自私自利地尋求救濟。另一方面，從自己辱罵是怪物的對象那邊得到恩惠的話，他們也會張開雙臂守護對方。他們會因為獨善其身的正義感而殺害他人，也會因為感覺像是「雞毛蒜皮」的小事而賭命拯救他人。

這就是所謂的人。跟人類一樣，得到智慧而活著的兩個種族也相同吧。

所謂的羊群，原本就是愚昧之物。這一點正確無誤。

如果不是這樣的話，就無法在內含矛盾的情況下活下去。

（無知是罪。不過，也有只能在罪惡中存在的和平。）

就像這樣，瀨名櫂人位於正好在神與怪物正中間的界線上。

如今，他表明了自己會守護生者的立場。然而瀨名櫂人這個存在的不祥感正逐漸超越一切。不論是否出自於異世，在這世上他已經是異物了。現在的櫂人跟加速度地取得魔力、不斷自動強化的武器是一樣的。

甚至可以說他是比稀世大罪人「拷問姬」還要危險的存在。

如果這種東西變成敵人會怎樣呢——沒人不會被這種危機感驅使吧。

結果所有人都會一邊被櫂人拯救，一邊開始思考「總有一天得殺掉這東西才行」。

（不過，這樣就行了。）

瀨名櫂人如此判斷。

所有種族雖然依賴著他，卻也會面帶笑容地逐漸提高疑念與殺意。對他們思考的未來而言，這個過程也是必要之物。正是因為如此，不論被他人如何疏遠，櫂人都不以為意。

這樣就行了，就是得這樣才行。但是——

（——有點，寂寞。）

這也是真心話。他同時思考。

（妳也是這種心情嗎，伊莉莎白？）

在無數非難與漫罵後，對自己加諸孤獨死去這種命運的女人。

她不是可以去愛孤獨的人類，正是因為如此──

正是因為如此，櫂人他──

「哈哈，我明明都直接過來迎接了，臉色卻挺差的嘛，『吾之後繼者（My Dear）！』」

（覺得這聲音有點太吵了。）

櫂人睜開眼睛，直到剛才都認真思索著的內容輕易地散去。是在思考什麼呢，他果然還是想不起來。櫂人只是重複眨眼。

他搖搖頭甩去暈眩，抬頭仰望打壞復活後這片寂靜的犯人。

對方背對翠綠森林而立。男子身材高挑、穿著附加貴族風領巾的襯衫身披黑外套，披至肩膀的烏黑秀髮與寶石般的紅眸很適合那副中性的美貌。他就是【皇帝】初代的契約者、十四惡魔的原首領、被伊莉莎白活活燒死的養父。

弗拉德・雷・法紐。

他浮現孩子氣的滿面笑容，櫂人不由得發出傻眼的聲音。

「……你啊，挺嗨的呢。」

「的確，我也有所自覺！畢竟我現在就是拿到新玩具的小孩嘛！即使如此，對你而言值得開心的是，我依舊可以維持驚異的理性與能力完成所有的命令！我認為應該看在我辛苦的份上，原諒我這或多或少的興奮情緒……還有，你似乎又『死掉』了呢，站得起來嗎？」

弗拉德紳士地伸出被白手套覆蓋的手掌。

短暫猶豫了一下後，權人回握那隻手掌。

這是至今為止絕對做不到的行動，畢竟弗拉德．雷．法紐的本體已經死亡，殘留下來的只有靈魂的複製品。然而，如今的他卻不是幻影。

權人借助弗拉德的手站起身軀，他真的很開心地如此述說。

「能自由行動令人感慨良多呢，活著果然是一件很棒的事。」

弗拉德．雷．法紐一邊微笑，一邊點頭如此說道。

曾經連骨頭都被燒光的男人，再次成就肉身。

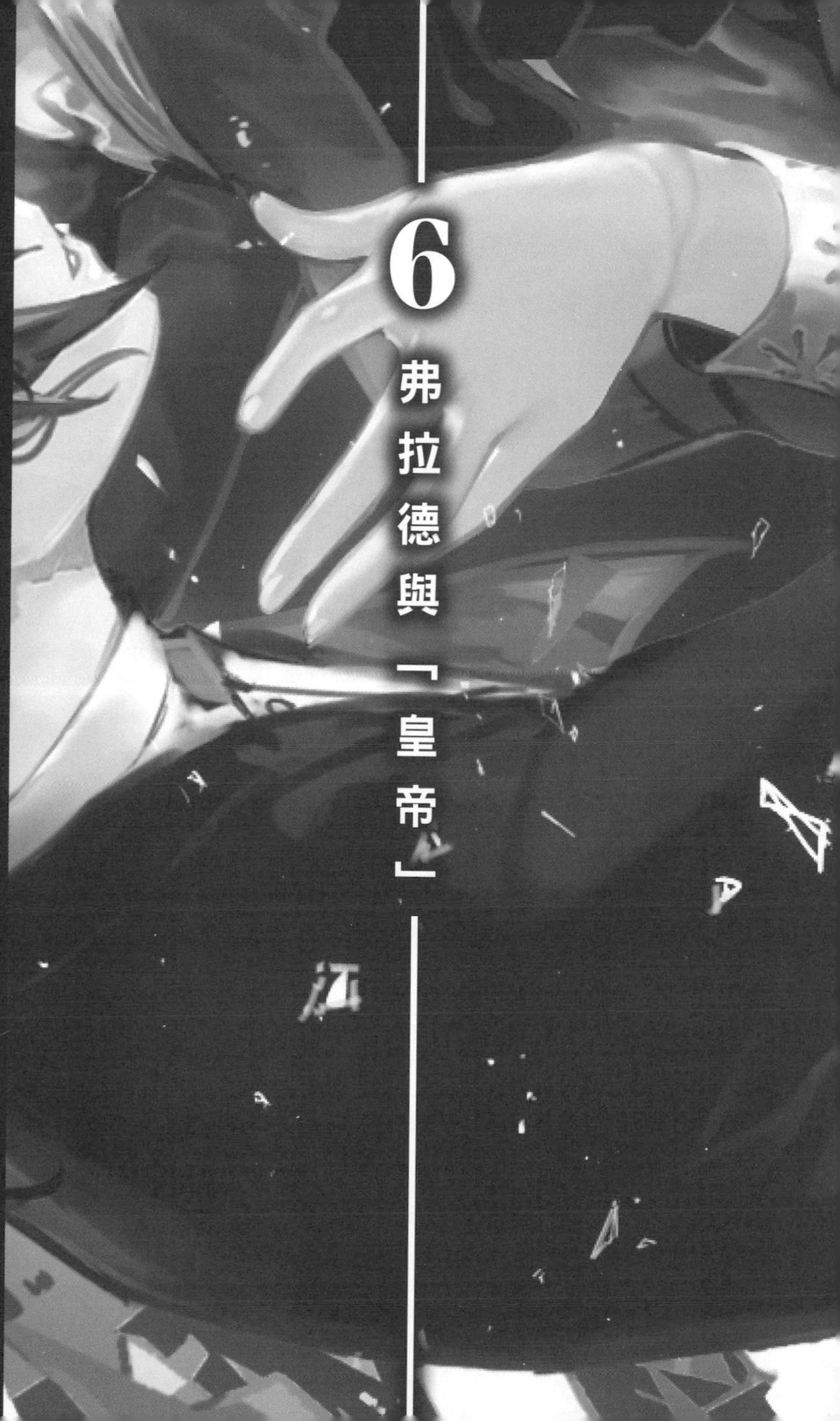

6 弗拉德與「皇帝」

被處以火刑的男人，從灰燼中完成復活。

他是用跟櫂人「保持存活的機制」「相同的方法」復活的。然而正確地說，這並不是復活。就算在這個世界裡，也沒有完美的復活術。弗拉德如今的魂魄只是死去本尊的「劣化複製品」。單單只是將靈魂從封入的寶珠中移至櫂人那種人造肉體的容器裡罷了。不過光是能自行移動似乎也有復活的感覺。

（目前為止……似乎沒發生什麼問題。）

慎重地觀察眼前的弗拉德後，櫂人如此做出判斷。其實他的肉體就是櫂人給予之物，如果有問題的話櫂人會感到困擾。話說回來，弗拉德．雷．法紐是惡魔般的人物。如果是平常的話，解放他的靈魂授予肉體這種行為根本就是瘋了。

櫂人回想做出這種莽撞選擇的過程。

在過去，真正的弗拉德將複製的靈魂封入寶珠，就這樣辭世了。

雖然擁有在伊莉莎白之上的魔術實力，他卻沒有給予自身的複製品肉體。

其最大的理由，可以推測是為了躲避教會在自己死後會進行的調查。另外，也有可能是擔心本尊仍存活時，複製品因失誤而啟動進而舉旗反叛。

複製品是為了將「弗拉德」的意志傳至後世才造出來的劣化品。雖然可以替他人跟弗拉德過去締結過契約的惡魔牽線，卻是全方位地劣於本尊。不過既然思考模式相同，就有可能背叛。畢竟「弗拉德」就是有可能喜滋滋地選擇「殺害自己」。

不，必定會這樣選擇。

就是因為如此確信，本尊才沒留下任何事物給複製品吧。

結果在寶珠內的弗拉德被放置在沒有櫂人輔助、就連移動都無法隨心所欲的狀態下。

這是不久前的事，然而——櫂人在煩惱該不該改變這件事。

弗拉德．雷．法紐的本質打從根本就是邪惡，櫂人很清楚絕對不能對他推心至腹。但弗拉德擁有的資質卻也難以無視。

他畢竟曾經站在十四惡魔的頂點，因此領導能力很優秀。另外，【皇帝】有云弗拉德是【在腦內飼養地獄的男人】。他的想法與常人相比有著顯著的不同，也就是【惡】的化身。跟弗拉德一樣，惡魔也會輕易地超越人類想像力的範疇。既然正常人不可能預測惡魔的想法與行動，有時也只有其他邪惡才能確實地打倒邪惡。

就現狀而論，沒時間擔憂未來了。戰力陷入致命性的不足。

只要能自行移動，弗拉德就能成為更有效的棋子吧。

最終，櫂人決定要給予他肉體。

只不過，是在某個附加的條件下。

＊＊＊

「別因為太歡騰而打壞主意喔，頭會砰的一聲炸飛的。」

「這就是問題所在呢！哎呀，你的點子我是真心感到敬佩就是了！」

不知為何，弗拉德情緒高昂地伸指比向櫂人。兩人一邊閒扯，一邊走在森林裡。周圍並排著擁有複雜技葉、有如將世界樹小型化的樹木們。兩人每前進一步，靴印就會刻劃在柔軟的土地上。清水從靴印內側滲出，將洞穴半掩。

「你的身體是用只要不大量失去製造者伊莉莎白的血液，靈魂就不會脫離的方式打造的──也就是擬似的不死狀態。在得到她的心臟，能夠無限產生魔力的現在，連唯一的弱點都無效化了。然而製造我的身體時，你卻還用了其他方式呢。居然不是轉移靈魂，而是『埋入寶珠本身』！而且還附加了在一定條件下，寶珠就會跟頭部一同自爆的裝置！哎呀呀，身為『吾之後繼者』卻很殘忍呢！」

「有不滿嗎？」

「怎麼會！這樣也很愉快啊！」

櫂人不由自主皺眉。看樣子，弗拉德是真心享受著現況。他還是一樣，是一個莫名其妙的男人。是察覺到櫂人在疑心嗎，他輕輕扭曲唇瓣。

「至今為止，我都是站在玩弄他人性命的那一方。就像心臟處於隨時可以捏扁的狀態下，用指尖長時間愛撫它似的。這次就算是自己被當成被虐方，我也毫無怨言。能用意想不到的形式得到未曾體驗過的感覺，這可是很甘美的喔。無論那是怎樣的經驗。」

「也就是說，你既是超級虐待狂，也是超級被虐狂。」

「哈哈，這種形容方式有些下賤，不過正是如此！」

「被肯定了，這傢伙好可怕。」

「『吾之後繼者』或許難以理解就是了呢。這兩種性質本來就是成對的喔。我雖然自負擁有應該要成為王者的器量，不過被迫低頭臣服也不壞。不試著舔看看的話，就會一直不曉得辛酸的真正滋味。人生中全是應該要學習的事物喔。」

「只不過你好久以前就死掉了。」

「正是如此，所以才有趣。也可以說跟現在的我相比，生前的『我』有點欠缺從容跟玩樂心……唔，不過被愛女背叛又被教會囚禁，而且才剛逃獄的話，會這樣也是理所當然的事嗎？我就給個同情吧。」

弗拉德瀟灑地聳肩。如今他連對自己那個亡故的本體都擺出了瞧不起的態度，這種思考方式果然還是難以理解。雖然感到無言，櫂人卻沒特別做出反應地閉上嘴巴。

因為劍鳴聲、壓扁肉塊的聲音、以及魔術業火捲動的聲音。

戰場上的喧囂傳到耳中。

6 ✦ 弗拉德與「皇帝」

（……馬上就到了。）

世界樹被本體延伸而出的年輕樹群「深森林」，以及被根部過濾持續循環的奇妙環狀河川包圍。尊貴之地藉由這兩種防衛與俗世隔絕。

另一方面，世界樹也是因此而有著致命性的弱點。

河川最終描繪出來的圓周，超越了士兵能夠巡視的距離。由於侍從兵出現的位置與飛過來的路徑都分散開來之故，要集中進行防禦也很嚴苛。而且根據計算，要毫髮無傷殺掉一名侍從兵需要四名士兵，在這個前提下分頭戰鬥的行為全滅的危險性很高。

基於上述理由，要展開防衛戰線困難至極。然而，弗拉德卻用惡魔般的策略打開了這個局面。他在「深森林」上劃出一道巨大的傷痕。

弗拉德居然將樹群燒出像是通道的形狀，直至世界樹附近。

侍從兵欠缺思考能力，因此牠們避開神聖之氣，自然而然地聚集至傷口附近。雖然這樣做後總算有辦法進行防衛，卻也理所當然地產生反彈，自軍內的獸人們差點因此發動叛亂。

（一個搞不好就會發生流血事件……可不是這種程度就能平息的。薇雅媞此人傾全力相助真是幫了大忙。如果這件事被法麗西莎那一方知道，或許會被殺掉。）

得到第二皇女相助平息暴動後，防衛戰線就一直維持著傲人的穩定性。但突然在前線出沒果然還是很危險。現在權人轉移至那道戰線的不遠處，也就是森林外圍附近後，用徒步的方式朝戰場移動。弗拉德推測第四波侍從兵出現後權人會為了確認戰況而前來造訪，所以才前來預測出現地點迎接吧。

最前線差不多要映入眼簾了。櫂人一邊忙碌地邁開步伐，一邊詢問。

「那麼，既然你過來這裡，就可以認定沒發生問題吧……在第四波的變化後，戰況感覺如何？」

「哈哈，這種話鋒一變的態度真的很有你的風格。既然如此……」

弗拉德忽然閉上嘴巴彈響手指。被白手套裹住的優美手掌捲起蒼藍花瓣與黑暗風暴。前方的年輕樹木被掃倒，樹枝有如被刀刃掃開般裂開。

櫂人的視線一口氣變開闊，廣寬的岸邊飛進那對眼眸。急促地吞下氣息後，櫂人嘰嘰嘰地轉動脖子。在視線前方，弗拉德不知為何堂堂正正地挺起胸膛。

「就說用看的比較快吧。」

「這不是面臨大危機了嗎？」

櫂人不由得發出幾乎毫無掩飾的音調。

兩人面前是一大片相當悽慘的光景。

＊＊＊

在森林外圍，清澈河川隔著岸邊悠然地流動著，應該是這樣才對。然而，如今水的表面被黑與紅東一塊西一塊地凝固。與世界樹本身的神聖度相比，水擁有的力量較低劣。河川似乎是輸給侍從兵的數量，所以遭到侵蝕。相當數量的侍從兵在已經汙化結束的水面上向前爬行。冒瀆的生物緩慢且確實地進軍。

在櫂人面前，乍看之下很遲鈍的肉塊以令人驚異的速度撲向數名士兵。他們連慘嚎都沒發出，一起慘遭吞噬。這正是絕望般的地獄繪畫。

附近忽然響起腥臭聲音，櫂人將視線望向那個方位。

「……唔！」

「咕……咯，啊，喔！」

應該被防衛陣固守的司祭激烈地痙攣，潛航在地面下的侍從兵低級地貫穿他的股間。挖掘濕土前進的醜陋手指被清水燒灼、潰爛。如今那東西已抵達司祭的嘴巴，在泛黃的牙齒間蠕動。

「咯……咕…………………………啊！」

手臂突然抽離，司祭崩倒至地面，大量血液與糞尿飛散。

髒汙手臂來回揮舞，侍從兵開始尋找下一個獵物。在那瞬間，一把劍插上它的身體中央。隱藏在內臟縫隙間的眼球遭到破壞，侍從兵的身體部位四分五裂地崩塌。

「怪物……怪物，怪物，怪物怪物！」

年輕士兵口沫橫飛地大吼，一邊上下移動長劍。雖然精神錯亂，瞄得卻很準確。他沒被醜惡外表迷惑。看樣子弗拉德似乎有針對侍從兵的弱點留下指示。另一方面，軍隊的聯絡系統完全崩壞了。敵人與自軍混成一團，陷入混戰狀態。

唔——弗拉德輕撫下顎，他有如感到無言似的聳肩。

「想不到才稍微離開一會兒，局勢就會崩壞至此。這邊總是毫無破綻地展開防衛陣，魔術師則是使用最大火力的業火持續灼燒對岸。即使如此還是有侍從兵突破的話，就用士兵圍攻各個擊破。來到讓它們身負重傷的階段後，再故意網開一面讓牠們因世界樹而破裂——重複上述的過程，應該也足以應付第四波才對……是輪替的待命人員逃亡，或是某處因部分士兵怯戰而淪陷嗎……哈哈，又不是害怕怪物的幼童。哎呀，真頭大呢。」

「我說啊，在這種情況下，身為指揮官又是最強戰力的你跑來迎接我是怎樣啊。」

「哈哈哈，話是這麼說沒錯，『吾之後繼者』。但對我而言，普通人那種脆弱的精神才難理——」

「——弗拉德。」

櫂人最低限度地移動唇瓣，語調銳利地叫他的名字。弗拉德沉默不語，臉上依舊掛著微笑。

他俯視身形嬌小的主人，平穩至極地提問。

「怎麼了？」

「——別玩了。」

那是宛如將利刃抵住喉嚨般的叱責。

士兵們再次發出悲鳴，激烈的血花弄濕地面。慘劇雖然就在旁邊，櫂人卻沒有從弗拉德身上移開視線。他眼中只映照著自己的黑色隨從，就這樣繼續說道：

「我是為了什麼才賜予你身體的？讓你這傢伙活著的理由只有一個，就是因為你有才能。派不上用場的話，那你就只會礙事。連自身力量都無法顯示之人是弱者，無法用知識戰鬥之人是愚者，如果只會吱吱喳喳吵死人的話，那就是無能——連活著的價值都沒有，無疑就是豬玀——你是哪一種？」

弗拉德沒有回應。他甚至沒有回嘴，就只是維持著微笑。

「呃，喂！可惡，怎麼可以讓你們過去呢！」

焦急的憤怒聲音突然撕裂現場。許多侍從兵突破混戰狀態，終於群起湧入通往世界樹的傷痕。精神還能維持正常狀態的人們連忙集結，打算進行追擊。然而侍從兵——大部分長著女人的大腿——卻一齊從厚唇中吐出毒液。

「——還給你們。」

櫂人甚至沒有瞥上一眼，就這樣彈響手指。黑暗與蒼藍花瓣編織出巨盾，它柔軟地接下毒液，並且反彈它們。當頭淋到濃紫色液體後，侍從兵們痛苦地掙扎。

士兵們發出鬆一口氣的聲音。總算察覺到他的存在後，他們有如依賴似的將視線望向櫂人。櫂人這個當事者卻仍舊死瞪著弗拉德，用不由分說的語調提問。

「你這個部下配得上現在的我──欸，沒錯吧？」

「嗯，誠如您所言，『吾王(My Lord)』。」

弗拉德用掌心抵住胸口，突然從順地垂下頭。

他搖曳中性黑髮，展現了一個優雅的禮。弗拉德低著頭，用有如忠實僕人般──裝模做樣到令人起疑的有禮態度──如此低喃。

「確實，成為【狂王】的棋子，是現在的我自願選擇的立場。既然如此，讓您滿意才符合道理。『如今的弗拉德・雷・法紐是為您而存在的瘋狂』──原來如此，這又是新的屈辱，同時也是悅樂吧。」

弗拉德用不同於微笑的形狀扭曲唇瓣，那是令見者不安的討厭表情。

在那瞬間，他的身影從現場消失。士兵們發出動搖的聲音。只有一人，只有櫂人極自然地將視線移至頭頂。在那前方，貴族風格的黑外套隨著高空的風兒飄揚。

弗拉德・雷・法浮在空中。

他用側坐的姿勢坐在某個存在的背部。在他旁邊，類似蝙蝠的皮膜銳利地劃開天空。弗拉德乘坐在上等的黑色毛皮上，被它覆蓋的軀體長著兩片翅膀。

在胴體之後，凶惡頭部上的雙眸燃燒著地獄火焰，閃閃散發光輝。

那是長著翅膀的巨大獵犬，弗拉德優雅地坐在他身上。

那副模樣很融洽，就像兩者打從最初就是一對的存在似的。

「太慢【坐上去】了啦。」

櫂人低聲喃道，弗拉德加深討厭的笑容。

現在的弗拉德只是劣化品。然而，除了他的思考模式外，他還留著一個強項。那就是弗拉德可以跟心高氣傲的【皇帝】一起行動。

＊＊＊

站在十四惡魔之頂點的【皇帝】，是試鍊千人，咬殺千人的野獸。

他給予契約者的試練很嚴苛。大部分自願者都迎來了不堪入目的死亡。同時【皇帝】也有著另一面，面對他有所偏好且又認同的狂人時——雖然會若無其事地咬斷四肢——會容忍對方一定程度的無禮之舉。初次得到這份契約的人就是弗拉德・雷・法紐。

由於輸給伊莉莎白、露出不堪死相之故，弗拉德令【皇帝】氣惱了許久。然而，【皇帝】卻是在他牽線下現世的，也是因為這層關係的影響，兩者如今也擁有雷同的性質。因此就算在旁人眼中，弗拉德跟【皇帝】看起來也很合拍。

至少，至高獵犬允許弗拉德坐在自己背上。

（這也是我給他肉體的理由之一。）

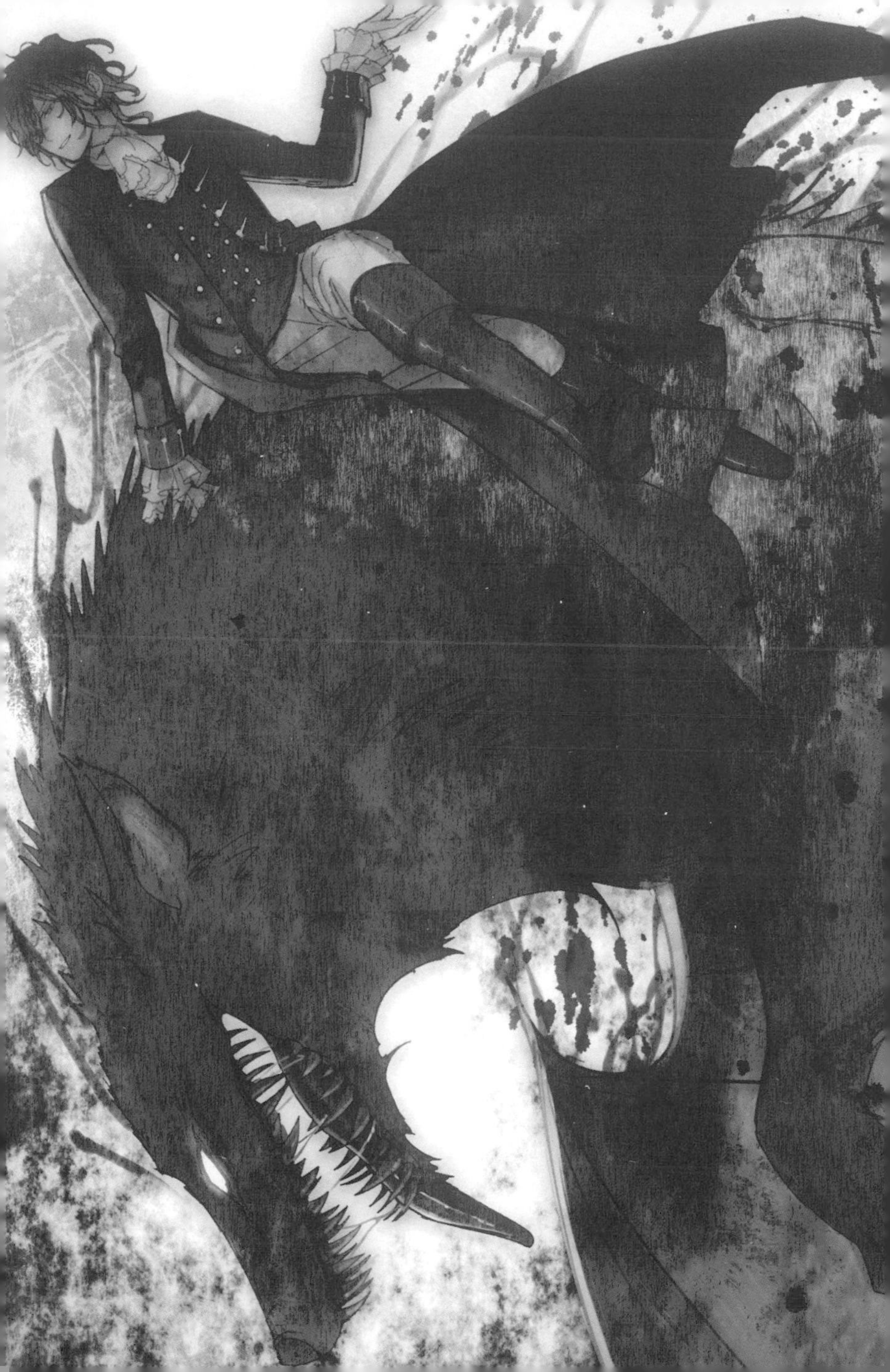

權人如今並不需要惡魔的保護。既然如此，不讓【皇帝】當護衛，而是派去當獨立戰力比較有效率。然而為了達到目的，某個存在是必要之物。單獨的話，【皇帝】並不會為了人類而行動，所以需要有獵人來處理這隻難搞的獵犬。這就是得到肉體的弗拉德的使命。

弗拉德的言行，藉由為了監視而結合至人造肉體內的魔術傳送給權人。如今，他能清楚地看見弗拉德扭曲唇瓣的模樣。

弗拉德親暱地呼喚【皇帝】。

「那麼，吾昔日的伙伴，高傲的至高獵犬啊。準備好了吧？」

『哈，究竟是要準備好什麼呢！就連吾也覺得這是引人發噱的荒唐情況不是嗎！居然叫惡魔工作防止末日，這實在是太矛盾了！【十七年間的痛苦累積】已經夠瘋顛了。』

「是這樣說沒錯，不過【皇帝】，是你同意這一戰的吧？」

弗拉德悠然地回應獵犬嘲諷般的話語，他用下巴比了比侍從兵大軍。

醜惡肉塊們猛然前進的模樣，有著宴會杯盤狼藉的那種低劣感。

「我是知道的，【皇帝】沒有侍從兵。對高傲野獸而言，那東西的醜陋甚至難以容忍。而且所謂的惡魔目的雖然相同，卻是契約者不召喚，就絕對不會締結合作關係的孤高存在。你以外的存在……而且還是單單寄宿在人類肉體上，連尊嚴跟意志都沒有的惡魔破壞世界就只是為了『讓神重整』，這種事令你難以認同吧？」

如此低喃後，弗拉德輕撫黑犬的背脊。如果是在獠牙能碰到的位置，這般暴行無疑會被咬斷手臂。然而，弗拉德卻利用背部是安全範圍的事實，悠然地繼續說道：

「曾經宰制世界的人應該是我跟你才對。雖然夢想沒實現而潰滅，然而吾等卻在奇妙的因緣境會下立於此地。快吃到的肉在眼前被搶走也令人不悅，是吧？」

『可以說你的話語還比較讓吾不悅就是了，別在鬼叫了，令吾生氣。不過，吃這件事吾同意喔。』

【皇帝】低吼，他宛如人類般扭出嘴角獰笑。

瞬間，【皇帝】毫無前兆地滑翔。

黑犬有如狩獵獵物的猛禽般逼向大軍，寄宿在那雙眸的地獄火焰彷彿像是流星般拖曳著尾巴。弗拉德一臉沒事地承受如果是普通人，或許肌肉就會被撕成碎片的風壓，一邊彈響手指。

「——成形（La）。」

黑暗與蒼藍花瓣輕撫地面，有如無數鐵花綻放般出現捕獸夾。

以侍從兵為對手時，無法期待這東西能有什麼殺傷能力。然而，就是因為構造單純，因此要用來拖住擁有複數四肢的生物可說是接近最適當的答案。果不其然，肉塊群被捉住了，【皇帝】朝它們落下。

如同文字敘述般【墜落】。

簡直像是漆黑星辰以天啟的形式降下似的。黑暗從【皇帝】落下的地點，無音地染上一切。壓倒性的寂靜將四周裹住了半晌。數秒後，黑暗變成黑色羽毛，與蒼藍花瓣一同爆開。侍從兵以原爆點為中心化為肉片。

舌頭與性器官猛然撞上樹群，瞬間化為塵埃。

光是著地就引發慘劇的野獸，用酷似人類的聲音嗤笑。

咕唏嘿嘿嘿嘿嘿嘿嘿嘿嘿，呼嘿嘿嘿嘿嘿嘿嘿嘿嘿嘿，咕唏嘿嘿嘿嘿嘿嘿嘿嘿嘿。

『畢竟是連等級差距都不懂的肉塊們，連被吾殺掉都是不敬。速速就死吧。』

他傲慢地做出宣言。聽到那句話後，侍從兵們開了口。就算身軀沒有腦袋，牠們似乎也本能性地察覺自己跟這隻獵犬是類似的存在。

牠們移動無數唇瓣，編織出抗議話語。

牠丟出問題。（同時感嘆。）

牠寫下懇求。（同時困惑。）

牠祈求慈悲。（同時憤怒。）

牠————（在這裡意見分歧。）

『都說吵死人了。』

【皇帝】踐踏附近的一頭。侍從兵輸給壓力，噗滋一聲爆開，有如縫線蹦開般崩壞。

【皇帝】接著咬碎數具，很難吃地將牠們吐掉。

就算因為原始的恐懼而身軀發顫，數頭仍是堅強地重複問著同樣的問題。

為何，為何，為何，為何，為何，為何，無數疑問震撼空氣。

哀淒聲音有如懇求似的響起。在這些聲音中，至高獵犬堂堂正正地撂下話語。

『你們很醜陋。吵死了，無聊。沒有絲毫讓你們活下去的價值。』

他的回答不構成開殺的理由。然而就某種意義而論，也足夠成為答案。

對於坐在王位上的人而言，所謂的低劣存在，光是令人不悅足以踩扁他們。

「……差不多就這樣了。」

另一方面，櫂人在岸邊完成了自己的職責。

河川已經從黑與紅那邊得到解放，水面宛如取而代之似的被銀色覆蓋。

針尖密密麻麻地塞滿在河川中，甚至多到連水流都看不見的地步。正在橫渡河川的肉塊們渾身都被銳利的針刺穿，然而逃至岸上的侍從兵也不少。

即使如此，櫂人也已經連彈手指的動作沒做出來了。

在不知不覺間，紅色與白色的少女有如依偎般在他左右兩邊待命。

一人妖豔地微笑，另一人則是清純地閉著眼睛。金髮與銀髮的美姬一方身纏性感氛圍，另一邊則是纏帶賢淑氣質。只不過，她們身上也散發出非同小可的氣息。

兩人——正確地說這「兩架」是【鐵處女（Iron Maiden）】跟【斷頭聖女（The Guillotine）】。

是那個【拷問姬】曾經愛用過的拷問器具跟處刑用具。

咿咿咿咿咿咿咿咿咿咿咿咿咿咿eeeeeeeeeeeeeeeEEEEEE！

那個是不殺掉就會被殺的東西。

就是這樣的存在。

侍從兵似乎自然而然地察覺到她們的威脅，所以群起湧向她們身邊。牠們一齊吐出毒液，伸長各種身體部位。

瞬間，金銀美姬猛然轉變。被紅洋裝裹住的腹部開啟，裡面伸出機械裝置的手臂。被白色洋裝裹住的身體做出動作。在交錯之後，張開的手臂飛出四角形利刃。

血花揚起，有著銳利切口的肉片掉落。

少女們編織而成的慘劇中寄宿著異樣的美麗。

士兵只是茫然地佇在原地。與對侍從兵發出的情感不同的另一種恐懼充斥現場。少女們全然不在意他們的反應，繼續上演虐殺劇。

黑色獵犬也沒有停止跳舞。弗拉德坐在他背上，不知為何滿足地點點頭。

「唔，我現在才察覺到，這可以說是我與『吾之後繼者』初次父子齊心合作呢？」

「不，沒這回事。」

櫂人不由自主解除沉默，簡短地吐嘈。

【皇帝】閉起下顎，紅色少女溫柔地輕撫腹部，白色少女有如祈禱般閉起手臂。

這樣就結束了。

之後只剩下無數肉片。

「……臭怪物。」

某人惡狠狠地如此低喃。

瀨名櫂人沒回應這句話。

就這樣，在「世界樹前方防衛戰線」的第四波擊墜平安無事地結束了。

＊＊＊

「重傷者的歸還手續，還有人員輪替也結束了……辛苦了，我要移動嘍！」

「這件事是我猜想的，『吾之後繼者』。至今為止，你都一直重複著這個流程嗎？」

櫂人舉起單手道別。就在此時，弗拉德開口向他搭話。

櫂人眨了幾次眼睛。停止啟動移動陣後，他重新面向弗拉德。

在兩人周圍，戰線已經重整完畢。重傷者分送至王都與世界樹的治療院。在櫂人判斷下，也已經通過派遣移送與輔佐人材的請求。就算不是這樣，最低限度的防衛人員也能用弗拉德與【皇帝】補足。雖然想要快點移動，櫂人仍是對這個問題點點頭。

不知為何，弗拉德深深嘆了一口氣，而且他甚至還微微聳肩。

「哎，這個判斷很正確。以【生物兵器】之姿發揮機能，就是別人對現在的你最大的期望。巡視各戰地是最符合期待的解答吧。不過，比起這件事——」

「比起這件事……怎樣？」

「……不，還是算了。這不是可以用認真表情當著別人的面說的話。忘了吧。」

「你那種謎樣的害羞或是體貼，老實說很可怕耶。」

「嗯，身為吾之後繼者的王，正處於嚴重的叛逆期……話說回來，在這種關係下，適合用叛逆期這種字彙嗎？我也搞不太懂。」

弗拉德認真地開始煩惱其實根本無所謂的事情。

櫂人一邊眼睛半瞇露出無言表情，一邊從口袋裡取出玻璃球。這次他真的喀的一聲落下那東西。滿是鮮血的地面刻下蒼藍字樣，花瓣與黑暗盛大地飛舞。

蒼藍色凝固成圓筒形。

弗拉德含帶嗤笑的聲音從另一側響起。

「不，也沒什麼啦——只是覺得現在的你，就好像野獸臨死前去流浪呢。」

（啊啊，這的確——）

不是可以用認真表情當著別人的面說的話。

7 「這個世界」的悲劇

fremdtorturchen

超越不曉得是第幾次因劇痛而休克的死亡後，瀨名權人如此思考。

正確地說，是在復活後，到意識變明確為止的空白時間內。

（如果我沒被伊莉莎白召喚的話，會變成怎樣呢？）

就不會淪落至這般田地，品嘗到無數次強烈到會死掉的劇痛了吧。應該也沒機會目睹殘酷又悽慘的光景。然而，也不會有活著真是太好了的想法。

簡直就像在空蕩蕩的容器裡倒水似的。

在異世界體驗過的、形形色色的記憶被收進權人體內。

「拷問姬」天真無邪地笑著。或是連哭泣都沒有，就只是孤身一人站在戰場上。

小雛溫柔地微笑。或是身穿染紅婚紗的模樣舉著槍斧。

「肉販」、伊莎貝拉、貞德、琉特、艾茵、薇雅媞。

認識的人們用各式各樣的表情對他說話。

然後，權人也沒忘記諾耶——在【伯爵】設計的地獄遊戲中袒護自己，活生生被蜘蛛吃掉的少年——臨死前丟向自己的話語。

『我、我只是覺得，希望你能夠在這邊的世界得到幸福。』

（幸福正確的形式，就算是現在老實說我也搞不太懂。不過，我是知道的喔。）

能覺得被生下來真好而哭泣時——

死亡才初次有了價值。

就算它只不過是跟束縛「肉販」的詛咒一樣的東西。

即使那是多麼愚蠢的想法，櫂人也不後悔自己的選擇。

無怨無悔。

（——所以，我——）

「……人閣下……櫂人閣下……櫂人閣下！」

就在此時，櫂人被大聲地呼喚，所以他睜開眼皮。思緒再次被切斷，漸漸消失於黑暗。

輕輕搖頭後，他抬起臉龐。眼前站著身穿胸前刻有白百合紋章的白銀鎧甲的聖騎士。越過粗獷的肩膀，可以看見一片星星四散的夜空。

櫂人不由自主瞇起雙眼。

漫長的、寶貴的一天終究也將迎來終點。

如今，他倒在因【大王】的策略而刻在王都的傷疤——什麼都沒有的空地上。櫂人緩緩將視線從天空移至四周，劍刃光輝映照在他的視網膜上。

櫂人被數名聖騎士包圍。

許多把長劍的劍尖抵向他。

＊＊＊

「啊，這個……哎，雖然明白就是了。」

櫂人不害怕——甚至還一聲嘿咻地——撐起上半身。是打算要警告嗎，劍刃略微向前推近了一些。櫂人完全無視它，逕自確認對方的身分。頭盔的護眼罩被放下，不知是不是在王都被肉塊侵蝕時並肩作戰的人物。

櫂人遙想接連襲擊王都的災難。

王都曾因為【大王】菲歐蕾的策略，而被三具融合的惡魔襲擊。死者上升至龐大的數量，無數歷史悠久的建築物慘遭破壞。大規模市場、工廠、倉庫群也被破壞，失去了移動手段與遠方聯絡裝置等的所有資源，財務上的損失難以估算。收容難民的單位也現出疲態。勞動力減少，糧食的穩定供給也出現偏差。

這是不久前的狀況。

這次由於惡魔御柱樹立之故，人類再次遭受強烈的打擊。

而且已知招來世界末日的不是別人，正是教會的「重整派」。盲目崇拜聖女與神的人們，利用哥多．德歐斯之死所造成的混亂吹響滅亡的號角。

如今就算隱瞞真相也毫無益處。根據琉特的證言，所有種族都掌握了教會的陰謀，然而真相卻尚未向民眾公布。即使如此，神之御柱樹立的謠言仍是跟惡魔御柱的情報一同傳開，長年持續的教義也因此陷入崩壞狀態。

換言之，聖騎士們的存在意義也從根底受到動搖。

（這樣還要他們維持冷靜判斷力的話，實在是太嚴苛了吧。）

另外，對聖騎士們而言——擁有「拷問姬」心臟與不死之軀的【皇帝】契約者——「狂王」原本就只是敵人而已。但由於負責統合聖人，同時也屬於「穩健派」的拉．克利斯托夫與部分有力貴族的支持，他們不得不服從「狂王」。

即使如此，櫂人擅自轉移至被惡魔吞食殆盡的空地的話，他們也會想用劍指向他吧。

櫂人像這樣對現狀表現同情於理解，然而另一方面，他也感到愕然。

（這種反抗方式也很半吊子。如果懷疑牧羊人的判斷有誤，羊群打從最初就應該停下腳步才對。如果各自這樣思考，並且採取行動的話，末日也不會來臨。）

櫂人不由得聳聳肩。看樣子這個舉動似乎被視為挑釁。是感到氣憤嗎，聖騎士之一用擠出來般的低沉聲音詢問：

「瀨名・櫂人閣下。在這個時刻來訪卻沒有事先聯絡，是有什麼事？」

「該說肯像這樣詢問還算是可以，或者應該說又更半吊子了呢。」

「回話啊！」

怒喝聲飛來。先不論措辭，那個語調已經近似於命令了。

櫂人打算老實回應，卻在話即將說出來前閉上嘴巴。他將視線望向遠方。在被惡魔舔去建築物、有著奇妙平滑感的大地上，可以看見有一道銀光朝這兒飛馳。耀眼光輝宛如流星般，一邊拖著尾巴一邊逼近。眾聖騎士沒察覺到光芒的接近。

「幹嘛默不吭……」

就在另一人打算怒喝之時，聖騎士們的長劍悉數飛上半空。某人的膝蓋華麗地踹起劍柄。劍刃沒有折斷，啪滋啪滋地插進無人的地面。

看起來也像是蟲子般的銳利腿部殘留銀色軌跡，某人描繪弧線緊急煞車。

「你們在做什麼！」

「團、長！」

一名女性銳利地瞪視眾聖騎士。她把雙手抵在地面上，腰部高高抬起，擺出狀似野獸的威喝姿勢。藍與紫的雙眸與銀色長髮在昏暗環境中閃閃發光。

那副臉龐上可以辨視出昔日的美貌痕跡。然而，如今的她卻擁有讓人不知該不該用人類稱呼的扭曲模樣。其全身有半數以上沒有肌肉。

相對的——與櫂人那個世界又不相同的——異樣機械組件卻在運作著。

＊＊＊

臉頰的一部分有齒輪在轉動，從軍服微微露出來的手腕跟腳踝有螺絲上下移動。

它們與普通義肢、或是用來補足身體缺失的物品有著明顯不同。就算在櫂人曾經待過的世界裡，那也是不可能存在的構造。在機械文明不發達的世界裡，它們散發著更加強烈的不自然感。然而，卻也讓人感到奇妙的美，是因為寄宿在那對眼瞳裡的，明確的意志光彩吧。

那是擁有生命之人才會擁有的，強而有力的光輝。她發出配得上那道光輝的嘹亮聲音。

「諸位持劍相向的瀨名．櫂人閣下是我的救命恩人！此外，也是為了防止世界末日而一同並肩作戰的同志！我應該對諸位再三提過才是，還不夠嗎！」

「可、可是，威卡團長大人！恕屬下直言，吾等身為聖騎士，實在難以無條件相信【皇帝】契約者、同時也擁有【拷問姬】心臟的人。」

「蠢人！這不就是毫無根據的心理抗拒嗎！如果這個行動的理由就只有這樣，就將它捨棄吧！該不會連王都戰役中受他們相助的事實都忘了吧！」

「沒有忘記！不過，團長大人應該也明白才是。此人的魔力實在是太扭曲了。教會高層中也有人稱他為敵人……明明是這樣才對，為何您相信他呢！」

聖騎士的控訴很悲痛。明明處於被懷疑的立場，櫂人仍是恍然大悟地點了頭。

初始惡魔被保管在王都的地下陵寢。自己這些聖騎士相信著的事實，以駭人至極的形式遭到破壞，就算被疑神疑鬼的心態所囚也很合理。如今，他們的心情就像是待在黑暗之中吧。然而，女性有如要揮開這片迷惘似的訴說。

「不要動搖，吾等的信仰是正確的！不論教會的真相為何，清聖地端正自身，為了隣人行善，不斷祈禱活在人世的尊貴仍然不變！吾等又如何能不彰顯這份正確！就算是為了這個目的，如今吾等也要竭盡全力拯救人民！」

「……威卡團長……您自身都變成這樣了還……」

數名聖騎士握緊拳頭。他們垂下臉龐，然而再次面向前方時，是迷惘多少散去了一些嗎，死氣沉沉的氛圍已經改變。女性沒看漏這一點，高聲說道：

「我要說的就是這些。伊安、羅法，守衛的工作如何了？丹，分發熱食時負責防衛的人輪班沒？布朗，你打算讓眾位司教在沒護衛的情況下從治療院那邊回去嗎？所有人回到自己的崗位！」

「是，了解。萬分抱歉，失禮了！」

聖騎士們將手臂橫舉至胸前行禮，他們迅速地返回崗位。白銀背部沒有回頭，方才為止被疑心附身的模樣就像是在騙人似的。從毫無迷惘的背影中，可以感受到他們對團長的信賴與敬愛之情。

所有人立刻消失了。

女性微微搖頭。她搖曳銀髮，解除警戒的姿勢。

「那麼……抱歉，部下失禮了。」

女性緩緩伸直背脊，移動時用的組件發出收納聲響收進她的腳踝。她咚咚咚地拍打自己的腰，女性重新面向櫂人。

「歡迎來到王都，櫂人閣下。」

「嗯，伊莎貝拉看起來也很有精神，真是太好了。」

櫂人親暱地回應，她點了點頭。

那僅僅是數天前的事。女性被自己相信的教會餵下惡魔肉。因此，她被置於除了死亡外無法可救的狀況之中。然而，她卻被黃金「拷問姬」貞德．多．雷的【機械神(Deus Ex Machina)】補強肉體，存活了下來。

女性拚命地試著揚起嘴角。左頰的齒輪發出聲音迴轉，金屬零件聽從其意志運作。然而，裸露而出的機械形成的微笑卻有著無法否認的不自然感。

即使如此，伊莎貝拉．威卡依舊美麗。

＊＊＊

「你的夫人加入了王都防衛隊，目前正好在各處巡邏中……她幾乎一個人就殲滅了來自魔術師大街舊址的第四波急襲，身手相當了得。」

「嗯，小雛的事我也隨時掌握著。戰鬥時的身影果然厲害。」

「能掌握啊。話雖如此，分隔兩地戰鬥不會擔心嗎？」

伊莎貝拉擔心似的低喃，柔和聲音在回響在黑暗中。

面對從頭頂傳來的提問，櫂人一邊爬梯子一邊回應。

「比起只會用魔力壓制的我，小雛的戰鬥技能要更優秀。她不會遜色於區區第四波侍從兵的。嗯，我的新娘果然帥氣到不行吧？」

「我覺得這是很棒的讚美。除了可愛以外，女性本來就擁有許多魅力。」

「啊，當然她也非常可愛喔！而且還超～級可愛的！」

「我知道的。就算從我的角度來看，她也無疑是一名惹人憐愛的女性……你的這些讚美，之後可以直接向她表達吧，她一定會很開……嗯，差不多到了。」

如今，兩人以縱向排列在狹窄空間內。伊莎貝拉伸長手臂摸索頭頂處。用金屬製手指撫摸木門表面後朝外側推開。四角形夜空在黑暗中探出臉龐。

伊莎貝拉就這樣穿過木門來到外面，權人也爬完梯子。他突然將臉龐伸到夜晚的空氣中，冷風輕撫臉頰。權人用手撐住石板地面站起身軀。

將視線望向天空後，星星比方才還要近，然而卻看不見月亮。黑雲薄薄地覆蓋著一部分的天空，因此就整體而論視野並不佳。

兩人在城牆附近的——因損傷嚴重而被禁用的——瞭望塔上面。

權人跟伊莎貝拉一起靠近圍欄。他瞇起雙眼，眺望擴展在夜裡的王都。

「……果然很慘。」

「在這片黑暗之中，沒有望遠鏡也看得見嗎？」

「嗯？噢，因為我也有用自己的獨門方式調整眼球。」

「……我們彼此都很辛苦呢。」

「妳比我要辛苦好幾倍吧？嗯……將撤去瓦礫的時間也考量進去的話，要將這裡當作王都復興或許太過嚴苛。該移建的建築物幾乎都被吃掉了，換個新地點還比較快吧。不過，加上原本的慘狀，這樣算是還好吧。」

權人深深嘆息。三具惡魔造成的破壞爪痕原本就殘酷地留在王都上面，而如今那兒又發生了新的損害。在侍從兵急襲所造成的混亂下，火災發生，也來不及使用魔術滅火。為了阻止延燒，許多建築物都被破壞了。明明採取了強硬措施，焦土的範圍卻很廣。相反地，也有地區因為在王都內流動的水路中斷、或是橋梁崩塌而淹水。

無論望向何處，都落著看似屍體的影子。可怕的是，感覺像是刻意破壞的建築物遺跡也有人類的手臂伸出。

（……要回收所有屍體，確認完身分需要花多少時間呢……就算現在是非常時期，不由分說地全部燒掉好了，一切結束前也會發生疾病吧。）

櫂人接著將視線移至巨大的避難所。這次不是在四處散布的廣場、而是活用三具惡魔襲擊後造成的空地集中保護民眾。藉由這種做法，聖騎士與司祭們就能做到更堅固的守衛。是在聖人缺席時將所有魔術師找來當代替品的成果嗎，也有召喚獸巨大的黑影在巡邏。另外，教會擁有的完好無缺的建築物，似乎也被當成治療院開放著。至今仍以現在進行式按照人數分配著熱食。

確認至此後，櫂人倏地彈起單眉。

（……怎麼了？）

崩塌的民宅裡，零零星星地亮著燈火。

沒去避難的人似乎比想像的還要多。是不想離開熟悉的家嗎，或是因神之御柱樹立而不信任教會呢，可以對這刻意的選擇做出各種推測。然而不知為何，櫂人卻感到令人起雞皮疙瘩的詭異氛圍。

定睛一看，在瓦礫隙縫中圍著火的那些人們四周，滿溢著特別異樣的緊張感。

有什麼事不對勁。櫂人順從自己的直覺，低聲詢問伊莎貝拉。

「欸，有一些人看起來沒前往避難所，他們是？」

「……其實，有一件事得對你說才行。」

「這開場白讓我有不好的預感呢……突然這麼慎重，發生什麼事了？」

「不去避難所的理由，每個人各有不同吧。應該也有很多人只是因為無法承受待在陌生場所產生的心理壓力……不過，這其中也包含了『恐懼大眾的人』，以及『為了某種企圖而行動的人』。」

「『恐懼大眾』？『為了某個企圖』？」

櫂人深深地將皺紋刻劃至眉心。前者是將大眾視為危險的存在，後者聽起來像是打算做壞事。伊莎貝拉簡短地點點頭，她再次開口。

「可悲的是，王都以外的地方也有發生這些損害……倒不如說此地發生的件數還比較少。因為王都的人口比例中人類占了八成以上，亞人與獸人混血者的比例愈是往北方、或是愈往貧瘠鄉鎮就愈多。說到該地情況如何嘛，把未報告的案例也算進去，就會有足夠的結果可以刻劃在負面的歷史上吧。」

「開場白真長，告訴我發生了什麼事就行了。」

「……你果然越來越像伊莉莎白閣下了。」

「我都說——」

「他種族的混血者遭到虐殺。」

冰冷又沉重的風吹過兩人之間。

櫂人閉上嘴巴，伊莎貝拉也中斷話語。櫂人默默無語，就這樣將視線移至在遠處搖曳的火焰與散落各處的屍體。他緩緩從喉嚨深處擠出低沉聲音。

「……意思是在侍從兵們殺害人類的這個情況下，人類開始殺害同胞了？」

「很遺憾，正是如此。」

「為何？沒有理由啊。不，就算不合邏輯也有理由吧，告訴我。」

櫂人壓低聲音如此詢問，伊莎貝拉的銀髮滑順地在他的視野邊緣迎風搖曳。定睛一看，她也將眼眸望著在夜裡燃燒的火焰。櫂人用力握緊拳頭。

人類造成的虐殺。

這是就算與惡魔御柱相連，也掌握不了的悲劇。

（簡潔地說——這是「絕不能有」的事情。）

「一切的原因就是『因為要尋求救贖』。」

「救贖？救贖與虐殺要如何連繫在一起？」

「在拉．克里斯托夫大人指示的調查報告中得知——『重整派』裡有許多可以稱之為狂信者、而且還身居高位的人，在讓變形聖騎士虐殺獸人的那個階段就自請左遷希望調到鄉下，然後就這樣逃亡了。同時，他們也在各地散播重整的謠言。」

「是怎樣的謠言？」

「據說是『來吧，無知的信徒們啊，祈禱神會成為你的救世主。不論是起始或是過程跟終結，均在神的掌握之中』、『末日必將造訪』、『正確的信徒會被引導至重整後的世界』。然後——事到如今，末日真的跟預言說的一樣造訪了。」

「雖然那前方沒有『重整派』高歌的那種救濟就是了。」

櫂人如此撂下話語。不論信或是不信，結果仍是相同的。所有人都會死，沒有除此之外的答案。但櫂人也明白在事先被灌輸虛偽內容的那些人眼中，預言看起來就只像是實現了吧。奇蹟成立了，之後就是獲選之人得救。

「所以，相信虛偽救濟的人們開始涉及虐殺混血種。」

「這是為什麼？我不懂兩者之間的關聯……不，等一下……該不會……這是騙人的吧？實在是太愚蠢了！」

「你也明白了嗎？沒錯——就是『殺掉異教徒』。」

伊莎貝拉用凍結般的聲音織出不祥事實。嘆了一口氣後，櫂人遮住臉龐。

正確地說，獸人跟亞人並不是異教徒。他們尊崇的「森之三王」與「沙之女王」，是重整時由聖女創造出來的人們，因此起源是相同的。但從教會的信徒們的角度來看，自己與其他種族的外表有所差異，看起來就只是全然不同的存在。

（更正確地說，是為了將其他種族變成「某種東西」，而想要將他們「當成異教徒對待」嗎？）

所謂的「某種東西」就是——

櫂人從臉上移開手掌，他緩緩說出自己最壞的推測。

「……是為了要獻祭嗎？」

「沒錯。那些人『殺害異教徒』，將他們當作『向神表現自身信仰心的活祭品』。」

伊莎貝拉如此肯定，櫂人搖搖頭。部分信徒的選擇只能說是愚行，畢竟這是毫無意義的行為。話說回來，教會的教義中並未記載活祭品的必要性。在對死亡的恐懼與混亂面前，人有輕易地犯下殘酷手段的傾向。

伊莎貝拉的冰冷囁語補足了這個意義。

「能確定地斷言『自己會被引導』的人類，就只有真正虔誠的信徒吧。然而，實際上末日卻造訪了。既然如此，為了被拯救，就只能『亡羊補牢』地向神表示自己的虔誠信仰……活祭品是方便測量『我獻上了這麼多』的手段。」

「『殺掉不信神的人』。這是如此高歌，內心卻『沒有徹底相信神』所導致的罪惡感，還有對自己可能不會得救的疑心，以及恐懼所導致的凶行嗎……簡直像是低級的玩笑。」

「嗯……而且大多數混血者除了在商業上取得成功的人士外，都沒有自衛的手段。亞人是純血主義，他們絕對不會保護混血者。獸人也無法在混亂局面下採取應對措施。吾等光是要應付侍從兵就已疲於奔命了……結果他們沒有勢力保護，也無路可逃。」

櫂人緊緊咬住自己的唇瓣，數滴鮮血沿著纖細下巴滑落。

理解到不想再理解的事實，再次以殘酷的形式擺到他面前。

無法拯救一切，然而——

（這個犧牲實在是太不必要，而且又過於不公平！）

瀨名櫂人有如吼叫般如此心想。宗教對立這件事本身，在櫂人死亡前的世界中也存在著。在戰火下虐殺其他種族的案例也不計其數吧。人類一邊賭命拯救某人，一邊有如蟲子般殺害他人，用理性做出獸行——櫂人理解這個矛盾。然而，「如今」它硬生生地擺到面前，讓他有一種五臟六腑被刀子剜去的感覺。

現在在這個世界裡，有人正為了守護一切一邊磨耗正常的精神，一邊戰鬥。另一方面，有人就只是為了讓自己得救而虐殺無辜的對象。

如此一來，所謂的救世……

（——究竟是？）

「欸，到頭來所謂的救世，究竟是哪一邊才正確呢？」

伊莎貝拉低喃，就像要疊上櫂人的疑問似的。他猛然抬起臉龐望向她。伊莎貝拉用沉痛表情眺望王都，有如在編織自言自語似的張開唇瓣。

「我們與『重整派』視為目標的救世不同。而且就算在『重整派』裡，『守墓人』歌詠的狂信也與他人不同。她在自豪與不動搖的信念下是這樣說的，下一個世界就是神之國度，會成為理想之地……『神的意志中有著祝福』、『奇蹟將要得到行使』。」

「『那兒不需要吾等』……嗎？」

櫂人從伊莎貝拉那邊，把「守墓人」的話語接了下去，然後閉上眼皮。

在黑暗中，從頭到腳都披著緋紅色布片的幼小少女露出微笑。她琥珀色的眼眸裡沒有一絲一毫的迷惘。櫂人搖搖頭，抹消好像會把人吸進去的美麗色彩。

伊莎貝拉細細地吐出氣息，有如懺悔般說出告白。

「我就老實說吧。接到虐殺的報告時，我變得沒有自信了，『守墓人』那番話語真的有誤嗎……這次在重整條件成立前，身為惡魔契約者的伊莉莎白閣下的『肉體會崩壞』。惡魔會被解放，破壞無法蓄集力量的神之御柱，讓一切回歸為虛無。『重整不會造訪』。然而，此事畢竟還是在與吾等有關的範圍內。神也十分有可能重臨連契約者都消失的白紙世界，並且創造出新世界……這是『人』沒有參與……無人握住畫筆的『重整』。到頭來，新世界會與舊世界大大地不同吧。不過……說不定這樣就行了。」

「……伊莎貝拉。」

「『那兒不需要吾等』。」

伊莎貝拉順著「守墓人」的話語，語調快速地又說了一次。她輕輕閉上眼皮。

伊莎貝拉的口吻中沒有怒意，她只是無比悲傷地低喃。

「在這個狀況下，已經難以否認『守墓人』的話語了。」

瀨名櫂人瞇起雙眼，他只能用無言回應。

這是不像伊莎貝拉的喪氣話，同時卻也極有她的風格。

（畢竟伊莎貝拉．威卡相信著人類。）

即使肉體被侵蝕，差點遭到殺害，她仍沒有怨恨任何人。但就是因為相信人是應該要拯救的對象，伊莎貝拉才對不侷限於一部分狂信者，而是遍布全體的醜陋與弱小發出感嘆。

就像很久、很久以前試圖拯救一切的女人，

對所有事物都感到失望的那個例子一樣。

＊＊＊

櫂人想起某個提問，那是他自己也產生過數次的疑惑。

（羊群原本就是愚昧之物。然而，這真的不是罪嗎？）

所謂的無知，不是應該被丟石頭的行為嗎？

他們的存在方式本身根本就有錯不是嗎？

櫂人緩緩閉上眼皮，他回想至今為止目睹的無數悽慘光景。

發生在這世上的悲劇，可以說不過是自作自受。是存活在現在的人們招致的結果。因為這就是被播下的惡意種子，因犧牲自身的女人感到失望而開花造就的成果。

（在十四惡魔出現的那時，大家都很明白如果什麼都不去做，這個世界就會受到致命性的打擊。雖然知道這一點，卻沒有人打算認真地付諸行動。）

除了稀世大罪人「拷問姬」以外。

就這樣，世界來到現在。

——願神祝福（哈雷路亞）妳。

櫂人覺得「守墓人」的話語敲擊了耳膜。搖搖頭後，他睜開眼皮。

櫂人默默無語，就這樣重新面向伊莎貝拉。在寒冷的夜裡，她再次開始述說。

「明明告訴部下不要迷惘，自己卻是這副德性……我覺得自己很可悲。但是，就算克服了現在的困境，這世界仍是充滿著惡意。在滿是敵意與猜忌的情況下，被留下來的人們究竟能不能『若無其事地』前進呢，我沒有自信。」

「……伊莎貝拉。」

「反正都是要走向滅亡，應該歡迎新世界才對不是嗎？我甚至有了這種想法。欸，我們雖然為了拯救世界而做困獸之鬥，不過……」

所謂的救世，真的是正確之舉嗎？

疑問筆直地丟向肩負一切戰鬥著的【狂王】。

簡直像是小孩扔出純粹的疑問似的。

櫂人從正面接下這個問題。櫂人他發育不良，被酷似軍裝的黑衣裳裹住的雙肩很單薄。如今從「拷問姬」那邊繼承的所有重擔就壓在那上面。

那是相當沉重的事物。然而，【狂王】沒特別煩惱地答道：

「正確與否，這種事都無所謂。」

伊莎貝拉倏地一震瞇起雙眼，被機械零件覆蓋的那一邊的眼瞼動作遲緩了一些。是難以測度意義嗎，她目不轉睛地凝視櫂人。

他把手放上瞭望塔的圍牆上，略微向前方探出身軀，眺望王都受傷的全貌。散布在這片土地上的屍體中，有的也是被侍從兵以外的人下手殺掉的吧。

瀨名櫂人明白世界並不美麗。

有如泥沼般汙穢，宛如腐敗的花朵似的醜陋。

（然而，我確實從那邊抓到了光輝事物。）

他與他的重要之人僅存在於此處。

即使一切全是錯誤。

「就算不存在於這裡的某人能過著幸福生活，我們誰也不知道的世界很和平，那種事究竟又有什麼意義呢？即使被遺留下來的場所是地獄，就算這樣我也希望我認識的人們能夠繼續掙扎下去，然後在未來的某一天能得到幸福。」

每個人都有變幸福的價值。

有留下變幸福的權利。

就算這世界總是地獄。

即使生者有多麼愚昧。

有如仰慕殘忍又溫柔的「拷問姬」似的。

瀨名櫂人容許世界懷抱著的矛盾，愛著它。

「所以，我要守護現在活著的人們。」

【狂王】毫不猶豫地斷言。他用沒寄宿半點迷惘，有著某種瘋狂氣息的眼眸凝視伊莎貝拉。伊莎貝拉眯起眼睛，流露的表情就像是在眺望有些耀眼的人物似的。不久後，她將手臂橫攏在胸前敬禮。

伊莎貝拉有如祈禱般低喃。

「櫂人，我只能對你這個存在表示感激。」

不是用閣下而是你，她將比平常還要深的親暱之情灌進那句話語中。

櫂人用沉穩視線望向被機械補強過的身影，喃喃低語。

「非道謝不可的人，是我。」

「嗯？怎麼了？」

「呃，我覺得世界才需要伊莎貝拉這種存在。」

「……我嗎？不是吧，我明明是說出那種喪氣話的人。」

「沒這回事，未來相當需要像妳這樣的人。」

伊莎貝拉皺起眉心。她納悶地開口，恐怕是將把自己感受到的不自然感化為某種形式，櫂人卻將手掌伸向前方制止這句話。

他搔搔淡色褐髮，唐突地改變話題。

「呃，然後呀。在確認完絕望般的現狀後說悠哉的話雖然抱歉……不，就是因為這樣，我有一件事想拜託妳。」

「如果我做得到，什麼都可以答應喔。」

是什麼事呢，她歪歪頭。櫂人簡短地清清喉嚨。就算猶豫也只是原地踏步。我說呀——他打開話題。

接著極認真地說出「請託」。

＊＊＊

數小時後，櫂人在以前曾是「魔術師大街」的區域。

其實大街本身仍然健在，只是魔術商會發布通知，這裡或許再也無法進行名符其實的營業行為。他們說即使世界面臨存亡關鍵，「魔術師大街」仍然要封閉。

櫂人在本來就像狹窄小巷的主道上停步。環視四周後，他輕輕點頭。

「原來如此……第四波侍從兵確實急襲了這附近。」

周圍密集地存在著刻意排除裝飾性，看起來冷冰冰的箱型建築物。這一角刻意蓋得很窮酸，本來跟色彩也是無緣的。如今卻被紅與黑染上不祥斑點。侍從兵為了好攀爬，將牆壁變成真面目不知道是什麼的材質。牠們似乎爬遍了連窗戶跟門扉都沒有——這機制為了拒絕不懂商品價值與危險性的人——的店鋪表面。如今那兒貼著侍從兵被殘酷地撕裂的屍骸。

然而令人驚訝的是，「魔術師大街」的末日與這幅悽慘光景沒有關係。

那是討伐完融合的三隻惡魔後的事。魔術商們率先返回王都，這是因為「魔術師大街」停止交易的這段期間，亂成一片的魔術藥市場行情尚未平息下來之故。魔術商是販售許多危險物品的職業，而這種職業性質也讓他們習慣被世局擺布。然而他們畢竟無法預測自己才剛打起重新營業的招牌，末日就會吹響喇叭前來世上。

結果，商人們抓狂了。

末日造訪的話，全世界的人類就會死去。也就是說，會沒有客人。他們似乎無法容忍此事。冷靜思考的話，魔術商他們自己也會死亡，所以問題的重點應該在其他地方才是。但是，他們卻認真地高舉謎樣理論，加入了王都防衛隊。

因此，帶著召喚獸的老練強者中，也包含了許多隱居在「魔術師大街」的厲害角色。對他們而言，釋出所有財產進行戰事就意味著歇業。保存與加工魔術藥還有貴重物品，需要他們長年以來累積的魔力。連這個源頭都消耗掉，就只能離開王都另尋適合之地設置工坊努力貯蓄。他們明知自己的生意不可能做下去，卻還是選擇了「有交易的世界」。

「一切都是為了客人（All for you）」。

這正是由傳說中的商人所流傳，長年以來代代相傳的話語。

是所有「做生意的人們」高舉至今的驕傲。

（真是矛盾、就某種意義而論又很愉快的選擇呢。）

思考至此後，櫂人想起「肉販」那總是充滿戲謔的言行。他的那種口吻與與身為商人的思考方式，並不是「聖女」所賜之物。說不定是在令人世繁榮、統合一盤散沙的旅行商人時學會的。「肉販」遺留下來的話語，如今也活在商人們的心中。

（就算本人死去，只要世界沒有消失，就還是會有事物延續下去。）

應該被代代傳承、有價值的事物必須得保護才行。

櫂人再次體會到垂死掙扎的價值，就在此時。

「櫂櫂櫂櫂櫂櫂櫂櫂櫂櫂櫂櫂——！」

「罩？」

「櫂人大人啊啊啊啊啊啊啊啊啊啊啊啊啊啊啊啊啊啊啊啊啊啊啊啊啊啊啊啊啊！」

咻咚————女傭從空中飛過來。

換言之，新娘用猛烈速度衝向這邊。

新娘……

飛——

過來了！

（騙人的吧！）

櫂人立刻用魔力強化身體。這是有愛才能做到的敏捷技藝。為了接住對方，他展開雙臂。然而看到這個動作後，她突然丟開仍然握在手中的槍斧。武器描繪出弧線，飛向另一個方向。她利用那個反作用力在空中使出華麗的三圈半迴旋，一邊修正軌道，接著就這樣咚轟一聲一頭撞進附近的店鋪裡。

碎片散落，櫂人小心翼翼地確認慘狀。

被女傭服裹住的臀部從牆壁那邊凸出來，櫂人朝它搭話。

「小、小雛？……妳，究竟是，為什麼要自滅啊？」

「因為我也覺得自己衝得太猛……覺得會讓櫂人大人受傷……嗚嗚嗚，許久沒見見讓我太興奮了，萬分抱歉。」

「真傻呢。如果是妳，就算猛衝過來我也會開開心心接住啊。」

「呀啊啊啊啊啊啊啊，櫂人大人好溫柔喔喔喔喔喔喔喔喔喔！請全世界的人看著！這位就是我最強無敵完美又可愛的丈夫！呀！」

小雛在「呀！」這個部分啵的一聲從牆裡拔出頭部，然後她就這樣用滿面笑容回頭望向櫂人。思考停止了一會兒後，櫂人心想「沒受傷就好」，所以把話說了下去。

「我說小雛啊，我正要走去見妳，妳主動過來真是幫大忙了。」

「是的！察覺到櫂人大人身上那股芬芳香氣的瞬間，我就不顧一切地飛奔過來了！」

「靠體味就從遠距離偵測到我的事實，讓我不由得感到困惑。」

「咦咦，怎麼會！我說呀，櫂人大人的鮮血雖然也有著甘美氣味，不過全身也散發著太陽公公或是點心剛出爐的那種氣味，溫柔又暖烘烘的……呃，懂這件事的人或許只有我，總之是一種會讓人安心感覺又很舒服的那種很棒的氣味！呀！我真是的，居然說出口了，好害羞！」

「那邊是害羞的點啊……呃，那麼，我說小雛。」

「是的，有何貴事，我最愛的櫂人大人？怎麼了呢？怎麼了呢？」

小雛輕飄飄地展開縫著蕾絲的可愛裙子，坐到他面前。她眼眸閃閃發亮，用全力等待著櫂人的話語。那副模樣可愛得就像是搖尾巴的小狗，

末日明明近在咫尺，小雛卻沒什麼改變。

櫂人發出輕笑，他細細品嘗從胸口深處湧現的愛憐感受。櫂人彎曲膝蓋放下腰，與小雛

四目相對。她有如人類般紅暈上頰忸怩起來。

「呼呀……跟櫂人大人，對上視線了……好久沒這樣了，好害羞。」

「謎樣的聲音……我說小雛啊。我們確實是少見地分頭行動，卻不能說是長期……而且，呃，我們也做過更厲害的事情了，所以做這個反應有點太晚了不是嗎？」

「真是的——這樣說素噗行滴啦啊啊啊啊啊齒輪會出大事的。」

「嗯？出大事？」

「具體而言就是爆散開來然後死掉。」

「別這樣。」

櫂人不由自主露出認真表情。小雛將雙手掌心添在雙頰上，有如鈴鼓般猛搖頭。為了安撫小雛，櫂人輕撫她的頭。她突然停止動作。

櫂人隔著女傭帽不斷移動手掌。他一邊寵愛小雛，一邊平靜地詢問。

「那麼，我要對小雛小姐這個害羞鬼提出一個邀約。」

「櫂人大人的……櫂人大人的摸摸……啊啊……感覺想要再品嘗這手掌七千八百年……咦，邀約，那個，是怎樣的邀約呢？」

「妳可以的話。」

櫂人刻意清了清喉嚨。他停止撫摸小雛的頭，恭敬地牽起她白皙的手掌，她瞪大寶石製的翠綠色眼眸。

會裝帥裝過頭嗎，櫂人為時已晚地煩惱起來。然而如果是小雛，是不會笑他的吧。自己已經下定決心了——雖然內心緊張，他仍是說了出口。

「可以跟我約會嗎？」

然後，櫂人發出聲音吻了小雛的指尖。

沒有反應，她只是楞在原處。果然行不通嗎——櫂人慌了手腳，然而就在他為了找藉口而張開嘴巴時。

「……致——」

「致？」

「是致死量。」

小雛留下略微謎樣的話語，同時筆直地倒向正後方。

小雛啊啊啊啊啊啊——現場響起櫂人的慘叫聲。

她的表情看起來有些安祥，又相當地幸福。

Lute

琉特

狼族獸人。是所有獸人的祖先之一「森之王」的第二皇女薇雅媞·烏拉·荷斯托拉斯特的私兵團第一班隊長。有山羊族的妻子，曾邀櫂人前往獸人之里。

8 於「拷問姬」的城堡中

Fremd Torturchen

寒冷夜風吹向瞭望塔的上方，一部分變硬結塊的黑雲完全被吹走了。

四周是一大片清澈的黑暗，簡直像是透明度高的湖底似的。在筆直灑落的月光中，伊莎貝拉的銀髮，還有機械組件被美麗地照耀著。

她將櫂人映照在藍與紫——只有這個至今仍然沒變——的雙眸中。

他用沉穩眼神回望伊莎貝拉。細思半晌後，她點點頭。

「明白了，我覺得這個判斷很妥善。而且我也對你的『請託』沒有異議。就是因為局面如此，才應該要經過這段時間吧。放過這個機會，或許就不會有下次了。」

「謝謝，妳能這樣說真是幫了大忙。」

「不過……欸，你真的殺得掉嗎？」

殺誰——這是根本用不著如此反問的問題。

櫂人洋溢著類似微笑的表情，堅持保持沉默。伊莎貝拉也察覺到對方拒絕回應，但她卻毫不留情地繼續追問。

「在惡魔與神被封入契約者體內的狀態下殺掉祂們……我有跟弗拉德確認過，就算到了現在，還是有可能做到貞德口中的救世。與『容器』承受不住高壓而崩壞的情況不同，連同契約者一同殺害的話，那兩具存在就會從靈魂解除契約，被強制送回高次元。果然還是只有這個辦法能拯救世界。至少也得破壞惡魔的『容器』……也就是說，得在惡魔還在伊莉莎白閣下體內時解決祂才行……然而——」

伊莎貝拉用沉痛視線望向櫂人，她也是明白的吧。

「瀨名櫂人很重視伊莉莎白·雷·法紐」。對跟兩人有關的人而言，這是明明白白的事實。櫂人沒有回應。不久後，伊莎貝拉再次開口說話。

「雖不知能否當作參考，不過我還是再加上一個可悲的告白吧。我之所以會對『是否應該救世』感到迷惘，這也是理由之一。」

「……是什麼？」

「我無法殺掉貞德·多·雷。」

櫂人短促地屏住呼吸。同時，強風呼嘯吹過。在那瞬間，他覺得耳畔好像聽見令人懷念的聲音。某個少女用感情希薄、卻有如銀鈴鳴響般惹人憐愛的聲音說話。

『你（Mister）仍舊是一個悠哉的愚者（the Fool）呢。』

櫂人回想起另一名「拷問姬」，自稱是「聖女賤貨」的黃金女孩。貞德是看似機械化卻又純真，狀似冷酷卻又無法徹底殘忍的女孩。

她將伊莎貝拉的性命擺在救世的義務之前，結果如今她被當作了神之御柱。

伊莎貝拉溫柔地望向填補自身肉體的機械。它們原本是構成由貞德所驅使、有生命的武器「機械神」的眾零件。

「回復意識時，我心裡亂成一片。為何我活著呢，發生了什麼事，這副軀體又是什麼……在那之後，艾茵閣下也告誡我要冷靜，然後聽琉特閣下說明了前因後果。不過，老實說，我真的完完全全地覺得一切都是莫名其妙呢！」

「也是啦……當時發生的事，一切都太怪誕離奇了。」

「許許多多的真相都太沉重了。然而，聖女大人的想法，還有來龍去脈我都做好了心理準備……然而，那可是初戀喔，初戀！在那麼短暫的時間裡，戀上我這個人！我不懂這是什麼意思，也難以理解！」

「咦，在意的點是那個？」

「嗯？除了這個以外……也是呢。關於身體被機械化的這件事……的確，我有一時感到很絕望，甚至怨懟貞德．多．雷。不過移動速度有所提升，而且做很多事都很方便。話說回來，這個措施是為了救我吧？我立刻就習慣了，如今心中只有感激。」

「再、再怎麼說這樣精神力不會太強韌了嗎？」

擢人的心情跨越敬佩，不由得感到愕然。與三具惡魔戰鬥時，伊莎貝拉全身的肌肉也從內側破裂過。當時她也毫不在意自己外貌上的變化，這只能說是了不起了。伊莎貝拉得意地挺起胸膛。然而，她忽然用沉痛表情將視線落上有一半以上都機械化的手掌，揪心地浮現微笑。

「然後，我想起來了……她在離別時，吻著我的頭髮說出的話語並非虛言。」

櫂人突然闔上眼皮，他反芻那段記憶。

那幅光景也讓人覺得是有如百年以上的往事。

在王都的地下陵寢，貞德伸出手臂。她在敵人看不到的位置上，伸手拿起一縷伊莎貝拉的銀髮。然後，宛如騎士對待公主那樣獻吻。

貞德對凜然背影悄聲低喃。

『平凡人類反抗的模樣我並不討厭，驅動世界的事物原本就應該是這個才對。妳(Lady)雖然又笨又傻還很愚蠢，不過我就相信妳的這個行動也是會延遲指針朝末日前進的動作吧……【很中意妳的老子，眼睛果然不只是兩個洞。】』

依依不捨地放開銀髮後，最後她又繼續說道：

『再見了，既愚昧又勇敢的——處女少女(My Lady)。』

「然後，貞德選擇救我，被變成神之御柱。」

就只是因為伊莎貝拉是「初戀對象」。

伊莎貝拉將手掌舉向星辰閃爍的夜空。她用力握起手指，就像試圖抓住遠方的某人的手。在數十秒的沉默後，伊莎貝拉輕輕搖頭。

「我無法殺掉這樣的她。在我哭泣時緊緊擁住我的她，吻我頭髮的她，因為我是初戀而救了我、不諳世事的她……我又怎麼能殺掉這樣的她呢？」

伊莎貝拉的雙眸裡盈滿深沉的悲傷與苦惱，櫂人突然察覺到一件事。

（這本來也是不被允許的告白。）

伊莎貝拉屠殺了無數被變成侍從兵的人們，直至今日。然而，她卻將一個人的性命偏心地放上天秤，不但判斷對方對自己而言很重要，而且還要幫助對方，這是不會被允許的行為。她也明白這是愚昧之舉吧。至少是再也不能大言不慚地對自己下過手的人們說「我拯救了你們」的選擇，而且也還會開始覺得自己只不過是殺人者。

（即使如此，人也有絕對殺不下去的人。）

比起殺掉對方，挖出自己的心臟還要好一些的存在。

伊莎貝拉吸了一口氣，然後吐出來。她靜靜地重新面向櫂人。

「那麼，我再問一次吧。瀨名．櫂人閣下。連我都是如此了，你的話更是這樣吧。」

畢竟瀨名櫂人是一個若無其事將伊莎貝拉與世界放上天秤的男人。為了自身的重要之物，他有可能讓一切墮入地獄。然而，伊莎貝拉也相信櫂人的善良性與方才的話語。正是因為如此，為了處於末日深淵的世界，她認真且慎重地再次詢問。

「——閣下說要拯救世界。」

然而為了達到這個目的，必須要殺掉伊莉莎白．雷．法紐。既然如此，那只不過是氣勢壯大的謊話嗎？只是欺騙了所有人嗎？或是無備置疑的真實呢？

宛如在說這是為了下達最終審判似的，伊莎貝拉如此詰問。

「瀨名．櫂人殺得掉伊莉莎白．雷．法紐嗎？」

＊＊＊

「我……」

櫂人在這裡結束回想，睜開眼皮。

他似乎在不知不覺間睡著了。

在不久前親身體驗過，如今卻只是夢境的光景變淡漸漸消失。

如今，櫂人已經離開了王都。揉了揉眼睛後，他緩緩環視四周。

櫂人靠著堅硬床鋪的側面，坐在石板地上。房內雖然有被木窗門堵上的窗戶，空間卻很狹窄。由於厚實石壁之故，壓迫感也很重，連家具都只擺放了最低限度的數量。這也是理所當然，這座建築物的建築方式接近要塞，並未考量到居住者住起來的感覺。如果是隨從使用的閣樓，那就更是如此了吧。

「那麼……咕，咕嚕……好！小雛差不多也醒了吧？」

櫂人悄悄嚥下自己的血。他跪在冰冷的地板上，探頭望向床鋪。

在白色床單的中央，美麗女傭正閉著眼皮。

她弓起背部，發出孩子般的鼻息聲，自從在王都倒下後，小雛就陷入機能低下的狀態。櫂人立刻做過確認，魔力的流動很正常，沒有發生問題。

她只是安祥地睡著。正確地說，是「重現人類睡眠的模樣」。那副模樣有如嬰兒般毫無防備，櫂人不由得輕戳白皙臉頰，小雛也左右蠕動。

「嗯嗯，櫂人大人……已經，吃不下了啦～」

「好可愛呢……是在作夢嗎？」

機械人偶並沒有設置「作夢」的機能。不過據說偶爾會從輸入記憶裝置（Recorder）的龐大情報產生各式各樣的光景。她們會在黑暗之中看見那些東西，而那個現象或許就類似於人類的「夢」吧，櫂人是這樣分析的。

也就是說，「機械人偶在作自己心愛之人的夢」。如此一想後，覺得她很可愛的心意又更加強烈了。櫂人不斷輕戳小雛的臉頰。她一邊滾來滾去，一邊甜美地低喃。

「都說噗行惹……我已經，享用了很多，櫂人大人惹啦。」

「咦，該不會被吃的是我吧？」

「呵呵，可愛到讓人想一口吃下去的櫂人大人，果然非常好吃呢～」

「別在這種橋段回應！呃，喂，小雛，快醒來！禁止作可怕的夢！」

「怎摸這樣……唔……唔，嗯？咦，櫂人大人？」

小雛猛然彈起身軀。是因為腦袋亂成一片嗎，她的齒輪在胸口裡發出高速迴轉的聲音。眨了眨眼後，小雛將視線固定在櫂人身上。她的臉頰轉眼染得緋紅。

「櫂、櫂人大人……那、那個，萬一我小雛記得沒錯的話……方才您好像有說要約會又好像沒這樣說過，果然是夢呢真是萬分抱歉！」

「我確實有找我的新娘去約會喔。」

「我要死掉了呢。」

「別滿面笑容地死啊。」

櫂人連忙撐住安祥地倒向後方的背部。他輕輕地回復她的姿勢，再次與小雛面對面，她的臉頰染得更紅了。

再次打算說些什麼時，小雛猛然壓住嘴邊，用翠綠色眼眸四處張望，她總算也察覺到了。小雛用震愕與懷念的顫抖聲音囁語。

「請、請等一下！那個，這裡，該不會是……」

「嗯，妳睡著時我們一起移動了……很懷念吧？」

「是的，相當……相當懷念。啊啊，又回到這裡了呢。」

小雛不斷不斷地點頭，櫂人也浮現微笑環視房間。

正確地說，自從離開這裡後，尚未經過會讓人感到懷念的天數。然而對兩人來說，一切果然感覺像發生在遙遠昔日的事。

與從「世界的盡頭」逃回來時不同，外面很安靜，甚至沒有如今隨處可聞的侍從兵的聲音。被安穩黑夜裹住的現場，感覺跟以前一樣完全沒變。然而，這卻是虛偽。現在的世界不存在例外。

不變的事物已不復存。直到剛才為止，其實這個地方也滿溢著侍從兵。

櫂人只是在小雛醒過來前，將鐵樁悉數釘到牠們身上罷了。現在的靜謐只是一時之物。

然而，他卻對這個殺風景又險惡的真實隱而不言。櫂人只是溫柔地點點頭。

「沒錯，回來了。回到不論何時，都是我們的歸宿的……伊莉莎白的城堡。」

小雛在胸前疊合自己的手掌，她有如感慨萬千地閉上眼。

在惡魔御柱釋出第五波侍從兵前的這段短暫時光中，

兩人像這樣離開前線，回歸令人懷念的城堡。

＊＊＊

「事情就是這樣……呃，老實說我想帶妳去更特別的地方，不過畢竟世界末日近在眼前……嗯，再次說出口後，我也對現況嚇了一跳……那麼，我希望就這樣在家裡約會，妳覺得如何呢？」

「樂意至極！要這樣說嗎，那個，那個，非──常地樂意！」

櫂人如此邀約後，小雛開心地蹦蹦跳跳。她臉上浮現毫不做作的開心表情。就知道小雛會這樣說──櫂人點點頭。

畢竟對兩人來說，伊莉莎貝的城堡是特別的場所。櫂人是異世界人，小雛是機械人偶，兩人都沒有可以稱為故鄉的場所。另外，理由也不僅僅是這樣。兩人在這座城堡相遇，度過日常生活，跨越死鬥，對彼此起誓要成為真正的家人。

這些形形色色的回憶散布在城堡各處。

就這樣，兩人率先前往的是──一般而言離約會很遙遠的場所。

「呵呵，就是這裡，這裡！果然這裡最懷念呢！」

「嗯，因為我們每天都站在廚房啊……小雛負責料理，我則是洗盤子呢。」

他們沉穩地互視而笑。

櫂人他們在不但狹窄、而且用起來還很不方便的城堡廚房裡。

兩人的確很久沒一起進入這裡了。自從伊莉莎白因為「大王」而陷入昏睡狀態後，櫂人跟小雛就沒有得到肩並肩做料理的機會。

小雛懷念地環視四周，她忽然亮起雙眼。

「是呢……那個是！」

小雛衝向塗上白漆的櫥櫃，猛然打開門扉。

裡面排滿了箱子，小雛陸續打開那些蓋子後，出現了五顏六色的茶葉與樹實，還有乾燥花瓣。這是她為了讓伊莉莎白睡醒時喝上一杯所湊齊的物品。

確認完所有物品後，小雛撫胸鬆了一口氣。

「太好了……沒有壞掉。我跟櫂人大人有一時不得不背叛，不過在那之後伊莉莎白大人還是有將櫥櫃保持原狀呢……果然很溫柔。」

小雛輕輕擦拭眼角。伊莉莎白看到這個反應會怎麼說呢，櫂人想像了起來。她一定會破口大罵「笑話，別擅自對他人做出評價！余只是忘掉它存在的這件事罷了喔！」吧。然而，甚至沒想過要處分掉背叛者留下來的物品，這一點也可以說很有伊莉莎白的風格。

（雖然自己似乎沒察覺到，不過那傢伙對自己人……特別是對小雛很溺愛呢……這也是溫柔吧，伊莉莎白。）

櫂人一邊這樣思考，一邊邁開步伐。他打開冰精式冰箱。就算居住的人不在家，精靈也依然健在。冷氣從裡面溢出。然而聞了那股氣味後，櫂人卻不由得皺起臉龐。

眺望隔板上面後，他茫然地低喃。

「果然會是這樣呢……所謂的『已經不在』，就是這麼一回事吧。」

被遺留下來的食材果然壞掉了。這也是理所當然的事情。辛勤努力地將精挑細選的新鮮內臟運送到城堡的商人不在了。將它們吃得精光的美食家也不在了。

同時，櫂人突然想起某事。

（冰箱裡面空蕩蕩的，要不然就是塞滿啤酒跟燒酒。）

有時候還有腐敗物品，或是可能會觸法的可疑包裹。

櫂人小時候偶爾會因為難以忍受空腹而打開冰箱。然而，之後卻是被狠狠毆打到讓他覺得臟器就像要噴出來。有時甚至會被迫吞下洗潔劑跟不明液體作為處罰。

（總是塞滿新鮮食材是一件幸福的事。）

如果有開開心心送過來的人，還有愉快地調理的人，一邊笑一邊吃下去的人的話就更是如此了。

搖搖頭後，櫂人關上冰精式冰箱的門。轉過身軀後，他打算前進，卻又停下腳步。

小雛將雙臂繞向身後站在那兒，櫂人若無其事地詢問：

「怎麼了，小雛？」

「那個，櫂人大人……鏘鏘──！」

小雛將藏在背後的物品拿到前面。硬掉的起司、用蠟蜜封的蜂蜜、裝著油漬樹實的瓶子出現。幹得好呢──櫂人撫摸小雛的頭，她發出甜美的鼻音。

結果，晚餐變成是雖然樸實，卻有著暖意的菜色。

跟前菜加上內臟料理、甚至連甜點都擺上桌的昔日無法比擬。小雛如此悲嘆。然而凝聚愛與料理心思的餐桌，就櫂人所見仍是有模有樣到綽綽有餘的地步。揉麵團後再烤硬的餅乾加上蜂蜜跟樹實，還有灑上起司的料理，以及用種在庭園裡的香草植物做出來的繽紛沙拉。然而在完成品面前，小雛卻再次搖頭。

「如果能勉強端出用來當主餐的肉料理就好了說，身為女傭真是不甘心。」

「沒這回事啦，已經足夠了喔。而且因為『肉販』總是會帶新鮮的肉品上門，所以這座城堡裡也沒有貯藏肉乾，這也是沒辦法的事。」

「我最喜歡料理『肉販』先生自豪的肉品了。總是很有光澤、閃亮亮的，做起菜來很有成就感。」

「……嗯，那傢伙也有好好地明白喔。這件事讓他很開心呢。」

如此說道後，櫂人輕撫小雛的頭。她用快哭出來的臉龐露出微笑。

就這樣，晚餐完成了。然而，如果是平常的話小雛是不會用餐的。為了能在宴會上跟主人同桌，機械人偶具備攝取食物，並且將它們分解的機能。然而，就算吃下去也不會變成營養。而且她沒將料理送至口中，而是喜歡眺望櫂人與伊莉莎白用餐的光景。可是就只有今天，小雛也選擇跟櫂人一起吃晚餐。

場所不是餐廳。

而是在王位大廳那個依舊開著的洞穴前方。

兩人在地板上鋪上布，把餐盤擺上去。而且也準備了伊莉莎白很常使用的邊桌。小雛將裝滿冰塊的大碗放在上面，然後將高價美酒的瓶子沉一半在碗中。

玻璃杯則是準備了三個。

銀色月亮漂浮在清澈的夜空上。

伊莉莎白以前喜歡一邊沐浴在月光下，一邊喝酒。她很常晚酌，而且也將櫂人他們一起拖下水。櫂人一邊回想那副光景，一邊在三只玻璃杯裡倒酒。

有如將寶石溶解般的紅色，令人聯想到伊莉莎白的紅眸。

櫂人跟小雛讓王座空著，刻意坐在地板上。兩人與簡直像是有人坐在上面般的空白一同仰望月亮。用雙手裹住自己的玻璃杯後，小雛喃道：

「總有一天……不，絕對，要再跟伊莉莎白大人一起……」

「嗯，為了能再次像這樣跟那傢伙一起喝喜歡的酒。」

兩人叮的一聲，輕輕地讓玻璃杯互觸。

與其說是喝酒，他們更像祈禱似的將美酒送至唇瓣。小雛閉上眼皮，有如在確認伊莉莎白偏好的味道似的。櫂人趁隙悄悄彈響手指。

『——墜落（La）吧。』

櫂人製造出來的利刃奔過黑暗，啪滋一聲切斷侍從兵的腦袋。衝到那個喉嚨邊的怪聲沒

成為聲音，就這樣消逝。異形軀體維持飛撲而來的姿勢，就這樣墜向森林。小雛睜開眼皮，洞穴外已經連個黑影都沒有了，櫂人也沒望向侍從兵墜落的地點。兩人沒被任何人打擾地繼續用餐。

只有月光沉穩地依偎在他們身邊。

第三只玻璃杯一直是滿著的。

＊＊＊

用完晚餐後，兩人肩並肩地洗碗。

就他人所見，這個行為只不過是雜務吧。然而對櫂人跟小雛來說，這個也完完全全是約會的一環。兩人有如依尋日常似的一邊閒聊，一邊擦拭玻璃杯。

仔細地恢復原狀後，他們將餐具放回櫥櫃內。櫂人目不轉睛地眺望它們並排在一起的模樣。

（萬一無人回歸，也希望這些東西會一直在這裡。）

留下像是祈禱的傷感後，他關上櫥櫃。啪噠一聲輕響發出，伊莉莎白中意的餐具們變得看不見了。那副模樣隱約令人聯想到閉幕。

數秒後，櫂人停止動作。然而，他猛然從把手上移開手指，然後挺直背脊。

「嗯……那麼，接下來要做什麼？」

「嗯，要做什麼呢。夜也已經深了。」

不管要做什麼，這個時段都不上不下的。已經沒多少時間可以拖延下去了。討論過後，櫂人他們決定返回隨從使用的閣樓。兩人自然而然地朝小雛的房間前進。

她站到前方打開門扉，小雛滿面笑容地請櫂人入內。

「來吧，來吧，請進，請進，櫂人大人。」

「呃，那就打擾了。」

「請進，請進，歡迎光臨！呀——跟櫂人大人單獨共處一室！」

小雛興緻高昂，不過這種互動本身其實也可以說已經用不著了。

兩人是夫婦，也不是特別拘謹的關係。話說回來，櫂人曾進過許多次小雛的房間。然而一換上正在約會的情況後，就不可思議地緊張起來了。

櫂人用略為生硬的動作進入室內。要在哪邊安頓下來呢——他環視室內。坐到椅子上吧——櫂人望向書桌。就在此時，他不由自主歪了歪脖子。

「……咦？」

桌上擺著小小的書擋，書脊封面井井有條地排列在木框中。然而，間隔裡卻有一冊份的空白，而那本書則是被丟在桌上。

這樣真的很不自然，櫂人詢問小雛。

「欸，小雛。為什麼只有拿出這一本啊？」

「咦？哎呀，應該跟其他書排在一起才對呀……為何只有它在外面？」

小雛小跑步接近書桌，輕輕拿起書，仔細一看，那個紅色封面櫂人也有印象。是「小雛的日記」。翻開裡面後，她瞪圓雙眼。

小雛用跳舞般的動作衝向櫂人，她一臉興奮地指向書頁。

「櫂、櫂人大人！務必！請您！過目一下！這邊！」

「嗯，這是小雛的日記吧？可以看嗎？呃……咦？」

確認小雛指示的地方後，櫂人露出困惑表情。薄紙上排列著文字，它的筆跡明顯與她的相異。閱讀記述在上面的文章後，他也瞪大雙眼。

「這是……」

『小雛沉眠時，余打算代替她寫日記。』

『我發現被伊莉莎白大人丟在一旁不管的日記，所以要來代筆了喔。』

『探索城內時似乎有了某種發現，所以接下來由我代為記述。』

櫂人察覺到了，從中途就換了筆者。

最後三頁是伊莉莎白、「肉販」，還有貞德記述的。

小雛的日記似乎在不知不覺間轉手於各種人們之間。他們擅自代替她留下紀錄。櫂人輕輕撫摸各自具有特色的文字。

（伊莉莎白、「肉販」、貞德。）

寫下這些字的所有人，如今都不在兩人身邊。

櫂人再次望向各自的日記的結尾附近的話語。

『余跟櫂人都在祈禱妳清醒。』

『就是因為這樣，我希望至少認識的人能盡量歡笑。』

『如果處女少女在的話，就能詢問她對意義不明之處的意見了吧？』

他們分別對不同的對象刻下滲出擔心情感的話語。

櫂人搖搖頭。他打算闔上日記，然而小雛卻迅速伸出手，把手指輕放至頁面上。她妨礙了櫂人，小雛突如其來的行動讓他眨了眨眼睛。

「……小雛？」

「那個，如果，不介意的話……不，如果可以的話，務必也請您——」

小雛靜靜地從書桌上捻起羽毛筆，接著她指向蓋起來的墨水壺。櫂人察覺到小雛想表達的意思，他拿起她的日記本。

櫂人翻動書頁，在認識之人編寫的文字的另一側有著一大片白紙。

櫂人目不轉睛地凝視它。

「我也要？」

「櫂人大人也要。」

小雛不斷點頭。不行嗎——她不安地詢問。

發出輕笑後，櫂人走至前方，拉開書桌的椅子坐到上面。將日記本放到桌上後，櫂人抓住羽毛筆，接著打開墨水壺的蓋子。

就這樣，櫂人開始書寫日記的後續。

小雛有如放心般，坐在床鋪上露出微笑。她舉止得宜地併攏雙腿等待著。

平穩的時光流逝。在靜寂之中，只有沙沙沙的聲音持續響著。

櫂人只在途中放下過一次羽毛筆。重新拿起來前，他微微彈響手指。櫂人用蟲針刺穿趴伏在城堡外牆上的侍從兵的心臟，然而小雛並未察覺。

櫂人悄悄嚥下從自身肺部裡溢出的血，他有如什麼事都沒發生似的繼續書寫。不久後，櫂人放下羽毛筆。啪噠一聲闔上日記本後，他做出宣言。

「好，寫完嘍。」

「哇，完成了呢！辛苦了！那麼，可以立刻看一下嗎？」

「不行，內容是祕密。」

「天啊！」

櫂人的回應讓小雛整個人彈了起來。是無法死心嗎，小雛下了床鋪，慌張地打算拿走日記本。櫂人一邊起身，一邊躲開她的手指。

唔唔——小雛伸直手臂，她拚命地表示：

「這是為什麼呢！心愛的櫂人大人在思考什麼、在想什麼、是如何寫下文字的，居然不讓我閱讀。這實在是令人難受到世界彷彿就要終結了！」

「嗯，就現況而論不是開玩笑呢……可是，果然還是不行。這種東西不能在本人在場時閱讀吧？請妳事後再看！」

「櫂人大人壞死了，聽不懂人話，今天也是帥到極點了！」

「為何最後我被誇了啊？總之就是不行，喂！」

「唔——人～家～不～依！小雛要發揮至今為止不曾有過的死皮賴臉，嘿！」

「別自己承認！喂，說真的快住手！」

小雛比櫂人還要高，因此日記本搶奪戰白熱化了起來。

兩人有如跳舞般在室內來回走動。就旁人的角度來看，這完全就是在玩鬧，但當事人他們卻是認真的。櫂人華麗地閃過小雛摻入假動作的跳躍，然而，他卻因為那個成功而大意。櫂人的腳撞到床鋪邊緣失去平衡，小雛在此時衝了過來。

「哇！」

「呀！」

兩人糾纏在一起跌了下去。

櫂人跟小雛就這樣砰一聲倒在床鋪上。

她的銀髮柔順地掛上他的臉龐。翠綠眼眸在櫂人的咫尺之遙眨了眨。回過神時，兩人的臉龐就在鼻尖跟鼻尖會互觸的近處。

小雛倏地一震，略微彎起背部。那對豐滿的胸部更加擠向櫂人。在他上方軟綿綿地壓扁的肉柔軟又暖和。

在獸人之國度過的一夜，自然而然閃過櫂人的腦海。

日記本從他的手指掉落，這次誰也沒拾起。它啪噠一聲掉到地板上。

櫂人用單手蓋住臉龐，他很辛苦地擠出訴求。

「我、我不是，刻意要，倒下去的……」

「我明白！呃，那個，我也不是故意要一起跌倒的……那個，其實老實說，胸部是故意壓上去，的，呢……嗯，對不起。」

「……是故意的啊。」

「因、因為櫂人大人說過，不討厭不檢點的行為，呃……」

「不，是那種開心得不得了，或是感激不盡的感覺，就是了……嗯。呃，我在說啥啊……抱歉。」

唔呃——櫂人用雙手蓋住自己的臉。見到那副模樣後，小雛一邊說櫂人大人好可愛好可愛，一邊吻遍每一處。她每次移動，那對胸部都會柔軟又綿呼呼地變形。裙襬翻起，玉足從裙內伸出，小雛有如給予最後一擊似的將腿纏向櫂人。

雖然球形關節部位有微小的不自然感，那片肌膚仍然滑順，觸感又舒服。

雖然滿臉通紅，櫂人仍是透過指縫望向小雛。

她甜美地讓翠綠色眼眸泛出水光，然而那張臉龐上卻也隱約有著不安。

露出那種表情就只能說是犯規了。

「啊啊，真是的！」

「呀啊──！」

櫂人伸直雙臂，緊緊擁住小雛。她發出開心的聲音。

兩人改變姿勢，變成橫躺。小雛浮現花兒綻放般的微笑。她有如小狗過來摩蹭般，輕輕把臉龐靠向櫂人。他有如回應撒嬌動作似的開口。

櫂人猛然一驚，突然停止動作。小雛歪歪頭，她擔心地詢問：

「那個……櫂人大人，怎麼了嗎？」

「……不，沒什麼。」

櫂人含糊地回答。其實為了不讓小雛過度擔心，他也將血液連同眼球一起調整過。她曾說過心愛之人的血有著甜美氣味。然而如果是現在，它應該跟體味不一樣，無法感測到才對。為了不讓機械人偶聞到氣味，櫂人加上了特殊的變異。還好有下這個功夫──他打從心底這樣想。

同時，櫂人嚥下從喉嚨逆流而上的鮮血。然而如果現在接吻的話，果然還是會穿幫吧。

一旦得知他的現狀，小雛無疑會深深地感到傷悲。像是要代替親吻似的，櫂人用力將她擁入懷中，同時他也有如深深體會似的心想。

（啊啊，是呢——就是這樣。）

其實櫂人也明白。城堡裡面很安靜，然而這片平穩卻是虛假的。不變的事物早已不復存在。外面有侍從兵飛舞。櫂人不像昔日那樣身著執事服，劇痛總是不間斷地持續注入他體內。

夜裡那句真摯的提問，讓櫂人遙想這一切。

『閣下說要拯救世界。』

（——嗯，我發過誓要拯救世界。）

同時，他也有一個比任何事都想要達成的目的。櫂人完全沒有改變心意的想法。正是因為如此，他沒回應伊莎貝拉的問話，只是浮現微笑堅持保持沉默。

瀨名・櫂人能夠殺掉伊莉莎白・雷・法紐嗎？

如果殺不掉的話……

那——

「……小雛，我有一件重要的事要說。」

「是、是的，是什麼事呢，櫂人大人？」

小雛似乎察覺到櫂人灌注在聲音中的嚴肅。她用緊張的模樣蠕動，他撫摸那頭銀髮。有如要讓手掌牢記似的品嘗完滑順感後，櫂人開口低喃。

「來做小孩吧？」

「嗯——？」

小雛瞬間發出高八度的聲音。她倏地一震整個身軀彈起，如果沒被櫂人緊擁就會摔下床鋪吧。小雛頭昏眼花六神無主。

「那、那個，櫂人大人，那個，呃，要如何……」

她滿臉通紅、口齒不清地詢問。

櫂人繼續緩緩地撫摸她的頭。

他用相當悲傷的表情再次閉上眼皮。

9 櫂人的「新娘」

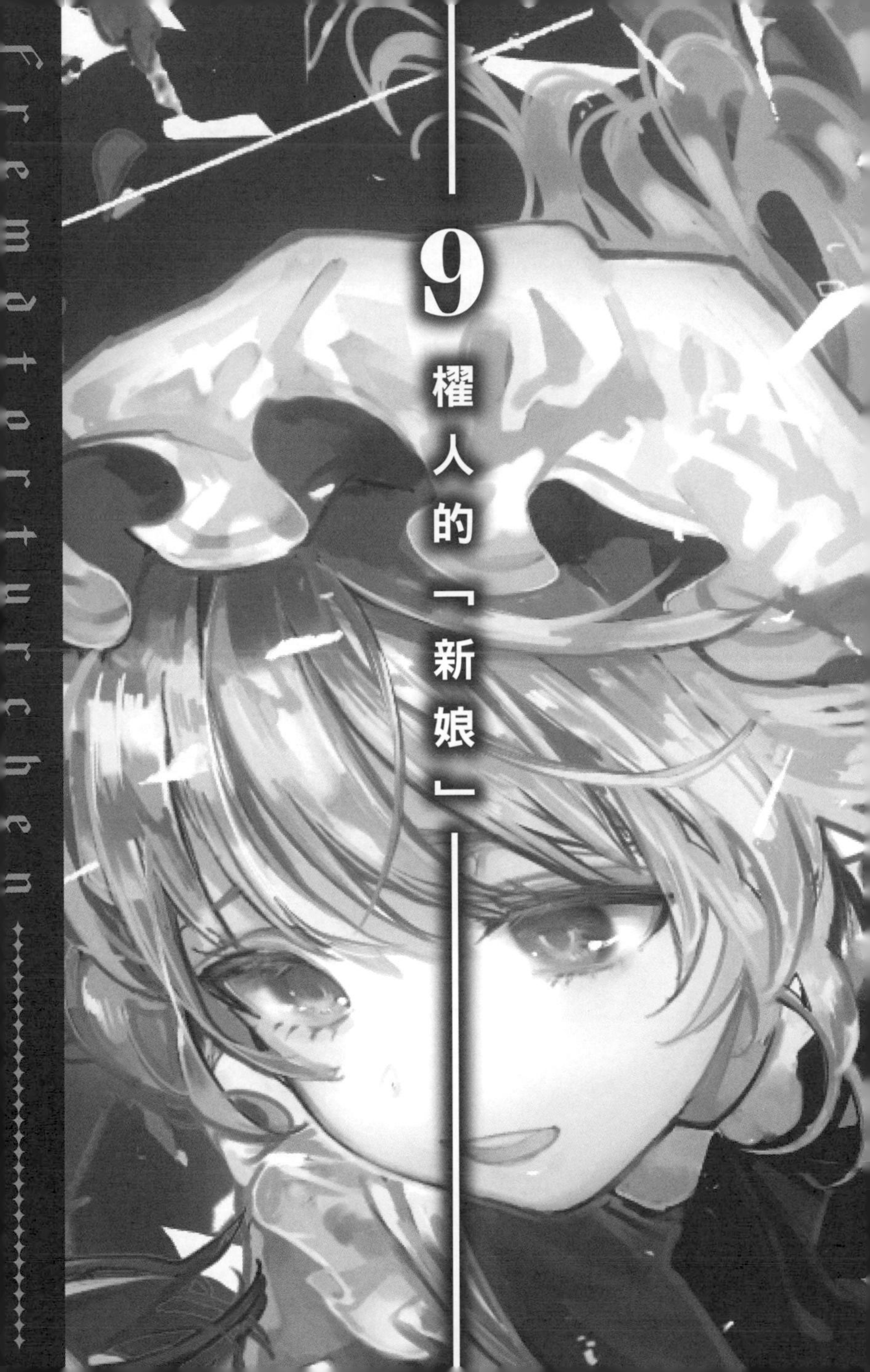

來說個故事吧。

這是被人類悽慘地殺害的少年，與殘酷地殺害人類的怪物的故事。

或是被雙親捨棄的小孩，跟被世界捨棄的英雄的故事。

不管是哪一邊，都是憧憬跟愚昧之舉的故事。

是愛的故事，卻不是戀愛物語。

瀨名櫂人為了重要之人決心要戰鬥。他發過誓，如果是為了重要的女性，自己什麼都做得出來。他並不後悔，不後悔到了瘋狂的地步。如果說只有一件事會令他掛心的話——

那就是他的新娘了。

＊＊＊

櫂人不知道小雛露出怎樣的表情。然而就算不用眼睛確認，只要把手指靠上去，臉頰的熱度就會傳過來。他沒望向她的翠綠眼眸，就這樣開了口。

正確地說，他拿不出勇氣正視那對眼瞳。

「之前伊莉莎白有說過吧？將混入我們兩人身體資訊的人造人素體，連同培養裝置放入妳的腹中。然後只要將我的體液注入其中，用魔力輔助培育，就能製造出小孩子……只要小雛願意，以我現在的魔力，輕輕鬆鬆就可以準備好。」

「素、素的。那、那鍋，我有牢牢地記住那件事，就算喪失記憶也不會忘記。我說過想要十二個以上櫂人大人的小孩，不如說乾脆生到可以用家庭建立一個小國家算了。可是，呃，那個，想不到居然這麼突然，就算是我也來不及做好心理準備……」

「剛才在王都走著時，我有了一個想法……就算本人死去，只要世界沒消失，就會有事物延續下去。人的一生很短暫。即使如此，每個人還是有可以刻劃在世上的事物。」

櫂人持續撫摸銀髮，就像要讓自己沉著下來似的。小雛仍然暈頭轉向心神大亂。然而聽著他認真的聲音後，她停止低喃並輕輕點頭。

「嗯，正是如此。櫂人大人……的確，人類有可以流傳下去的事物。」

「我要拯救世界，幫助一切事物，我有這樣起誓過。第六波、第七波一旦釋出，人類終究會變得撐不下去，所以必須在那之前決勝負。最終之戰近在眼前。然而我已經下定決心，救出伊莉莎白・雷・法紐這件事比任何人都重要。」

櫂人說出矛盾的兩件事。在惡魔與神被封入契約者內部的狀況下殺掉祂們——事到如今就只有這個方法可以拯救世界。他們所謂的救世，是屠魔、是弒神，也是殺人之舉。為了拯救世界，有必要殺害伊莉莎白。

沒有方法可以將兩件事放到天秤的盤子上，讓它們保持水平。

應該是這樣才對。然而櫂人卻沒有論及這個矛盾，而是把話繼續說下去。

「如果是小雛的話，應該明白『這個意思』吧？所以……」

小雛明確地身軀一僵。她沒回應，就這樣閉起嘴巴默默無語，持續煩惱著某件事。櫂人調勻呼吸，將臉龐埋進她的肩膀，告知了自己的想法。

「如果有我跟妳的小孩……就算是小雛也一定不會寂寞的。」

「櫂人、大人……」

小雛只簡短地低喃他的名字，她緊緊抿住唇瓣。

小雛筆直地抬頭仰望櫂人。至今為止無法直視的翠綠眼眸清澈見底。輕輕推開他的胸膛後，她坐起身軀，折起雙腿坐在床鋪上。

櫂人也跪坐在她前方，小雛緊緊咬住唇瓣。

她垂下臉龐。是在哭泣嗎——櫂人打算伸出手，就在那個瞬間。

「櫂人大人，我沒有祈求原諒的想法。」

「咦？」

「我要使盡全力地失敬了！」

小雛猛然抬起臉龐。

在美麗眼瞳中，激烈的憤怒如同火焰般燃燒著。

小雛使出全力的拳頭，就這樣擊入櫂人的臉龐。

＊＊＊

動真格的一擊炸裂。

那是機械人偶的全力攻擊，具有不能開玩笑的威力。

一個搞不好的話，櫂人就會死亡。然而，現今的他與毫無力量的那時不同。櫂人以反射神經般的速度補強自己的身軀，沒有避開地接下這一擊。結果，他將損傷控制在最低限度。

即使如此，鼻血仍是有如爆發般噴出。

小雛從頭到腳沐浴在濺出來的鮮血中，一邊用眼眸牢牢地望著櫂人。就連櫂人每次受傷，都會真心生氣、憤怒的那個小雛，竟然連句道歉都沒說。看到這副模樣後，他領悟了。

這裡非發飆不可，必須動真格毆打才行。

她如此判斷，並且進入實行階段。

「請別小看我，櫂人大人。」

小雛嚴肅地開了第一槍。她握緊拳頭，就這樣目不轉睛地狠瞪櫂人。那對眼睛裡燃燒著不會改變的怒火。然而，透明淚水卻也在不知不覺間累積了起來。

「的確，小雛是知道的。櫂人大人究竟打算做什麼事，是以什麼為目標。這種事打從最初，小雛就是明白的。」

「打從，最初？」

「是的，打從溫柔的您宣布要站上高位的那時起……今後您打算怎麼做，我全部都預測到了。即使如此也沒關係，我小雛如此下定決心，而且也做好覺悟跟隨您……事到如今，您還在說……什麼寂寞呢？」

小雛微微吊起嘴角。她顫抖著緊握的拳頭。那些白皙手指上不只有櫂人的血，還滲著機械油與模擬血液。肌膚破裂，可以窺視到粗糙的內部。

翠綠眼眸決堤了。大顆淚珠撲簌簌地滾落，小雛有如吼叫般繼續說道：

「這種事！小雛，一直，一直，一直——很寂寞喔！」

櫂人愕然地凝視這幅光景。頑固地不去正視的事實，硬生生地擺到他面前。

（打從在「世界的盡頭」別離後，我就一直只是為了拯救伊莉莎白而行動。）

來說個故事吧。

這是被人類悽慘地殺害的少年，跟殘酷地殺害人類的怪物的故事。

或是被雙親捨棄的小孩，跟被世界捨棄的英雄的故事。

不管是哪一邊，都是憧憬跟愚昧之舉的故事。
是愛的故事，卻不是戀愛物語。

不是他，跟他的新娘的故事。
有誰會覺得——他的新娘也知道這件事呢？

（直到今天……我都一直沒跟小雛商量過任何事。）

櫂人感受臉龐的劇痛，同時體會到這種做法的殘酷。然而，事到如今他也無從道歉，就連應該要告知的話語都不存在。骰子已經扔出去了。不論說什麼話，都不被允許。長久以來，櫂人都依賴著小雛的諒解。這一拳也可以說是這種行為的處罰。然而，決心絕對無法改變。事已至此，他無法停下只為了自己而存在的物語。

就算被憎恨，即使被蔑視也是沒辦法的事。即使如此，他仍是不希望就此結束。

滿心這樣想的櫂人試圖開口，他努力試著將醜態畢露的話語說下去。

「……小雛，我——」

「不過，其實這樣就行了。」

「……咦？」

「就算寂寞、就算悲傷也沒關係。只要您是您，這就是沒辦法的事……您試圖守護的是那位大人。您愛著的人是我。這樣就，足夠了。小雛已經，滿足了。」

小雛忽然緩和口吻，櫂人茫然地凝視她。小雛緩緩地伸出雙臂，緊緊擁住他。然後，毫不猶豫地接著說道：

「小雛被造出來真是太好了。能待在您身邊，這個人生已經無怨無悔了。這正是所謂的愛。」

她如此斷言。聽著簡直像是告白般的聲響，櫂人微微感到不可思議。小雛被女傭服裹住的手臂上，被不是血液的透明液體弄濕了。

那是什麼啊──就在櫂人如此心想之際，小雛溫柔地加上話語。

「不過，只有一件事我非得動真怒不可。我希望能夠成為櫂人大人的家人，而您實現了這個心願。請不要把孩子說成是排遣寂寞的道具。那個孩子……那些孩子，是假使我們有朝一日能夠擁有並肩而立的未來，在那個時候應該兩人一起選擇、迎接的存在。」

小雛不斷、不斷地輕撫櫂人的背部。

就這樣，她用無償的愛原諒了新郎。

「沒事的喔，櫂人大人。用不著如此擔心，小雛不要緊的。」

「我，明明，有說，喜歡妳。明明講過，是家人的說。」

「我有好好地明白這件事。所以，請您務必，按照您自己的心意去做──為了能毫無後悔地笑著說，活著真是太好了。」

這樣對小雛來說，就夠了。

所以，請不要哭泣。

小雛如此低喃。此時，瀨名櫂人總算才——

察覺到自己正在哭。

＊＊＊

瀨名櫂人並不後悔，不後悔到了瘋狂的地步。

如果說只有一件事讓他掛心的話。

那就是他的新娘了。

她輕撫櫂人的頭，就像在說什麼都不用再說了似的。櫂人撲簌簌地流下淚，有如依賴似的回抱，除了兩人之外誰也不曉得的時光流逝而過。

就這樣，答案在這裡完全定了下來。

瀨名．櫂人能夠殺掉伊莉莎白．雷．法紐嗎？

對世界最後審判而言是必要之物的答案是——

不久後，櫂人抬起臉龐。他輕輕地把身體從小雛身上移開。小雛猛然一驚，態度一轉用喜劇般的動作拿出手帕，試圖擦拭櫂人被鼻血與眼淚弄得黏呼呼的臉龐。拒絕了這個動作後，櫂人彈響手指。蒼藍花瓣與黑闇在兩人周圍飛舞。

血與淚被分解成粒子狀消失，小雛的傷口也癒合了。這個魔術欠缺華麗度，卻是連伊莉莎白或是全盛期的弗拉德能否如此流暢地進行都很可疑的技藝。

小雛眨了眨眼，櫂人略微害羞地詢問她。

「欸，該不會我偷偷吞下鮮血的事情妳都察覺了吧？」

「嗯，當然。」

「悄悄打倒侍從兵的事情也是？」

「雖然不能說是全部……不過恐怕有八成。」

「真是敵不過我的老婆呢……」

「因為我聽聞自古有云為妻則強。」

小雛微微一笑，兩人再次從正面互相凝視彼此。雙方的臉龐緩緩靠近，他們自然而然地接吻。在有如貪婪索求氣息般的深吻過後，小雛低喃。

「嗯……我說，呀，櫂人大人。」

「怎麼了？」

「我說，呀，就算不做小孩子，我覺得在約會的最後，有一個回憶果然也不錯呢。」

她再次滿臉飛紅，櫂人不由得輕輕伸出手。他動手搓揉摸起來很舒服、有如麻糬般的臉頰。呀啊啊——小雛任憑擺布。享受完她的臉頰後，櫂人吻了染上紅暈肌膚。櫂人不斷、不斷地在小雛身上落下親吻。

正要咬嚙耳朵時，她慌張地發出聲音。

「呃，櫂人大人，那個，答案是……啊哇哇，呼啊！」

「這種事，答案就只有一個吧？」

櫂人將嘴唇靠近小雛染上色彩的脖子。他就這樣鬆開女傭服的衣領，輕微地啃咬鎖骨。

小雛全身倏地一震，櫂人在她耳畔緩緩低喃。

「這是我心愛的妳提出的邀約——所以我很樂意。」

「……致、致死量。」

「等等，別在這裡突然虛脫啊。」

小雛身軀一軟倒向後方，櫂人連忙撐住傾斜的背部。

再次視線交會後，兩人相視微笑。

櫂人跟小雛就這樣深深地疊合唇瓣。

＊＊＊

懷裡有心愛之人。

這的確是幸福的一種形式，瀨名櫂人如此心想。

（暖和，惹人憐愛，不想放開手。如果離開的話，一定會死掉的。）

他確信小雛也有同樣的心思。兩人宛如象徵著這世上所有的幸福般持續依偎著。他們臉上洋溢溫暖的微笑，漂盪在舒適的沉眠深淵。

即使如此，不久後白天還是會來臨。

結束之際，一切都會造訪。

櫂人緩緩睜開眼皮。

小雛還在睡。正確地說，是自然地重現人類睡眠的模樣，簡直像是嬰兒般毫無防備。櫂人輕戳軟綿綿的白皙臉頰。小雛微微張開唇瓣說了些什麼。

機械人偶或許也會作夢。

作心愛之人的夢。

然而，櫂人卻沒有聽進那些話語。他悄然無聲順暢地溜出床鋪。下到冰冷的石地板後，他彈響手指。蒼藍花瓣與黑色羽毛裹住細瘦身軀。它們爆開的瞬間，他已經穿上了酷似軍服的黑衣了。

櫂人握緊裝入自身血液的玻璃球，他沒發出聲音開始通訊。

——通告全軍。

正如昨夜王都的伊莎貝拉・威卡所告知。

排出第五波侍從兵後，惡魔御柱準備第六波時，活動也會暫時遲鈍化。第六波釋出的大軍是脫離世界法則枷鎖的存在，生者根本就無法應付。

因此，吾等有必要在第六波被釋出前分出勝負。

「第五波殲滅後——希望生存者到『世界的盡頭』，神與惡魔雙柱的前方集結。」

櫂人發出低沉聲音，說出最後的請求。

三種族究竟會不會跟聯絡的一樣聚集，他不得而知。特別是亞人，他們會想要優先防守純血區吧。先不論王國騎士，在聖騎士中存疑心態也是根深蒂固。然而，卻有必要盡可能地聚集多數人。

（法麗西莎說得沒錯，如今不論是誰都只是一枚棋子——而且，棋子是愈多愈好。）

雖然是毫無慈悲心的思考方式，卻也是事實。對手的盤面空蕩蕩的，相對地卻聳立著兩根柱子。這邊必須用所有步兵掩埋整個盤面，分散敵人的目標才行。

這超越了用正攻法讓棋子排在一起戰鬥的次元。會有許多人死去吧。然而，必須要有人打頭陣，才有辦法伸手觸及神與惡魔。只要撐過礙事者的攻擊，再來就是欋人拿手的場面了。

這世上能折斷御柱的人材就只有他。

（不想行動的人，就這樣也行吧……只要決定好自己想在哪裡死去就夠了。）

現狀是所有種族培育至今的罪孽開花所造就的結果。處罰追上了怠惰與無知。就算別開視線不去正視，最終也將會用自身性命償還。不想死的話，就只能拚命掙扎。

這是生者被要求的最後義務，同時也是殘留在絕望之箱裡的權利。

欋人忽然開口，他率直地說出自己的想法。

「這次的敵人是【神】與【惡魔】。吾等要挑戰的，是就連舊世界都不曾進行過的冒瀆戰鬥。即使如此，如果希望在後世中得到幸福，如果相信未來，除此之外別無其他道路。」

欋人在中途頓了一下，他忽然有一個想法。

這裡是生者為了救濟自身而殺害無辜他人的世界，今後的幸福真的值得相信嗎？然而，沒時間煩惱了。早在許久以前，末日便已經造訪。

「吾等要拿起劍——否定新世界。」

短命又愚昧的種族，就只能挑起戰鬥。

明知是愚昧之舉，被造物們仍是要對神與惡魔造反。

「世上所有生物早晚難免一死，正是因為如此——」

正是因為如此，有的事物無法退讓。

這個判斷甚是傲慢，也很冒瀆吧。連神跟惡魔都決心要打倒的人們，肯定遲早會拔出利刃，在自己人之間展開致命性的廝殺。櫂人如此自嘲。

那又如何呢——他割捨迷惘。

櫂人堂堂正正地鼓舞如今生者所要做出的選擇。

「沒有必要感到羞恥。拿起劍，拿起長槍。我們該做的事情就是弒神、是屠魔。就算祈禱也不會得救，即使哭喊也不會有人大發慈悲。既然如此，就只能依靠自己的雙手了。」

『有趣……很有趣不是嗎！區區人類要吼叫至此嗎！』

通訊突然插入其他聲音，櫂人瞇起雙眼。

高笑聲是法麗西莎・烏拉・荷斯托拉斯特之物。

是因為獸人的魔術技能低劣之故嗎，通訊中混雜著雜音，背後甚至傳來部下們慌張的聲音。然而，法麗西莎卻毫不在意地繼續說道：

『好吧，【狂王】啊！造反者最大的武器，雙刃之劍，為了反抗而存在的瘋狂！我就把它讓給你吧！這是會有許多人死去的一戰！點燃地獄之戰的引火線吧！』

「用不著妳說——那麼，各位。」

櫂人吸入氣息，又細細吐出。他自然而然地閉起眼皮。

櫂人突然感到強風呼嘯而來擊打全身。然而，它的真面目並不是風。

他面前有無數聽眾，所有視線與壓力有如箭矢般射向櫂人。琉特下跪、亞古威那戴好眼鏡、【皇帝】發出冷哼、弗拉德嫣然微笑、薇雅媞垂下眼簾、法麗西莎咧嘴壞笑、拉・克里斯托夫雙手環胸、人類之王浮現淚水。然後，無數士兵們有如在推量他的話語般等待著。

其中有許多人會因為櫂人這一句話而死去吧。

即使如此，果然還是無怨無悔。

因此，【狂王】毫不畏懼地做出宣言。

「吾等的黎明到來了——開始『最終決戰（諸神的黃昏）吧！』」

10

「最終決戰」

諸神的黃昏

第五波的敵人也很駭人。然而，卻沒有超越第四波的變形。另外，【狂王】與其新娘以全速在各地巡回，結果第五波被盡可能地快速討伐了。

就這樣，共享轉移座標的巨大移動陣在同一時刻刻劃在人類之地、獸人之地，以及亞人之地。就算是在和平協議下維持著短暫的平穩，不過以橫跨在三種族之間的陳年舊恨做考量的話，這仍然是難以置信的事態。

另外，要朝「世界的盡頭」進攻的軍隊只召募了志願兵，畢竟此次戰役沒有前例。也沒從聖女那邊取得舊世界末日時的確切情報。對活在現在這個世界裡的人們而言，接下來完全是未知的領域。在「世界之死」面前，要保持精神正常是很困難的事吧。強迫不願意的人從軍的話，他們有可能會瘋狂錯亂，最後導致同軍相殘。

「沒錯，接下來不需要失敗者——別忘了，拿起長劍的那一刻起，諸位便是勝利者。」

凜然聲音發出，地面同時嘶的一聲被斬斷。劍刃深深地插進冰中，法麗西莎將劍刺進由雪與水、風與魔力構成的場所。

她堂堂正正地將手掌放在劍柄上，多達數千的獸人大軍集結在她面前。裡面也包含了志願的民兵。戰鬥經驗不多的人等於是前來赴死。然而，第一皇女仍然高聲稱他們為勝利者。

「吾等為了何事存活之今！諸位為了何物而拿起長劍！就是為了今天這一天！為了今日之死！」

法麗西莎堂堂立於銀色大地，鼓舞士兵。

他們排著隊伍、含有魔力的冰所創造出來的大地帶著青藍色，散發鈍重光輝。尺寸大到可以目視的雪花結晶，有如工藝品般堆積在這一帶。然而，其中也有數個染著像是血液的紅色，變成了異樣的形態。其中甚至毫無脈絡地混雜著三種族的手指、耳朵，或是眼珠等身體部位。頭頂那片天空也燃燒成黑色。那不是因為侍從兵圍成一大群，而是無數黑色羽毛停滯於空中所致。

風曾經透明清淨到令人恐懼，如今卻也被鐵鏽臭味弄髒。此處已沒有絲毫一切結束後的寂靜與即將開始某件事的期待感比鄰而居、美麗又虛幻的氛圍了。

櫂人再次深切地體會，不變的事物已不復存。靜謐之地已然失落，也不見得能將它取回。然而，即使在這種情況下，獸人第一皇女仍然展現出強韌戰意。

法麗西莎用力握住劍柄，甚至到了手指會發出壓輾聲的地步。

她搖曳宛如熊熊烈焰般的紅髮繼續演說。

「吾等是『森之三王』大人高傲的子女，因此不准撤退！唯有前進殺敵一途！以自身之死守護人民、守護故國、守護世界！吾等不會屈服，因此勝利已在吾等掌中！殺吧，殺吧，殺吧，在勝利之前死去——於吾等面前，神與惡魔算不上什麼！」

令人吃驚的是，她的聲音中燃燒著喜滋滋的殺意。櫂人瞪大雙眼。在末日之前的絕境下，法麗西莎的怒火依舊鮮明。她正是活生生的火焰。

法麗西莎從冰之大地抽出長劍，宛如歌劇中的一幕般做出宣言。

「世界已在吾等掌心！」

「在吾等掌心！」

咆哮聲合而為一做出回應，獸人們弄響使用許多同胞皮革製成的鎧甲如此大吼。

如今，他們身上沒穿著會礙事的防寒衣物。集結於此的所有人都被櫂人的魔術保護著。薇雅媞與第一皇太子，還有櫂人不認識的皇族們在法麗西莎身後待命。薇雅媞賢淑地穿著寬鬆地疊上布料的洋裝。

櫂人朝充滿神祕氣息的背部低喃。

「雖不知這樣比喻是否合適，不過法麗西莎就像為了預防大事發生而被選出來的長劍……不，是有如凶猛獠牙般的皇女。雖然稱呼我為【狂王】，不過她比我還像呢。」

「嗯，櫂人閣下似乎也已經有所察覺了……皇姊她不是被老眼昏花選出來的。我與她雖然總是意見相左——然而她正是有著【霸王】器量之人。」

薇雅媞沉穩地點頭同意。年齡不詳的沉穩賢狼，最受到民眾支持、宛如和平象徵的第二皇女如此斷言。

「皇姊正是亂世所需之人。」

櫂人也點頭同意她的話語。獸人們因法麗西莎的演說而士氣高昂。在現況下要讓不擅長魔術之人保持如此氣力，可說是困難至極。

（人類有拉．克里斯托夫與伊莎貝拉．威卡……問題在於亞人呢。）

櫂人如此思考。現在，三種族以神與惡魔御柱為中心展開為扇形。

包含魔術師、聖騎士、王國騎士、聖人在內的人類在西側，亞人轉移至東側。然而按照作戰計畫，砲擊隊會在即將接近敵人時直接送來這邊，因此亞人的本隊預定會晚一步會合。

說真的，無人能保證他們會不會來。然而，如今也只能相信了。

（不管會變成什麼結果，都會在這裡劃下句點。）

每個人都一樣，不論是生是死，都會在此地成定局。

櫂人刻意將冰冷空氣吸滿肺部。他已經不會因冷氣這種程度的東西感受到痛楚了。吐出白色氣息後，櫂人舉起單手。

「那麼，我走嘍。」

「嗯，請務必小心。願森之三王大人保祐你。」

薇雅媞沉穩地回禮，第一皇太子與其他皇族們也無言地仿效姊姊。

最後，櫂人眺望士氣高昂的眾士兵。就在此時，他的目光停留在某個狼頭獸人身上。赤銅色毛皮是他永遠不會忘掉的、薇雅媞私兵團第一班班長琉特之物。

他也注意到櫂人了。琉特臉上浮現親暱神情，卻在他正要開口時猛然回神端正表情。琉特用有些內疚的模樣回到跟部下們的對話中。

這是他用自己的方式畫出界線，或是對櫂人樣貌大變而感到畏懼呢？是哪一邊不得而知，然而自從枉人成為【狂王】後，琉特就不曾主動搭話。

在世界樹做出宣言後，兩人就不曾進行私人的對話。

（雖然寂寞，但也是沒辦法的事。）

櫂人點點頭。然而在數秒的沉默過後，他改變主意發出聲音。

「保重嘍，琉特！你太太會難過的，所以盡量別受傷喔！」

琉特有如被電到般回過頭，他表情驚慌地開口。然而，櫂人卻沒等他回應。他只是想把這句話說出口罷了，並不強求對方回應。

他將填滿自身血液的玻璃球落向地面，櫂人大大地揮手。

「——再見！」

「唔，櫂人閣下！」

（究究是怎麼了？）

琉特宛如要衝至櫂人身邊似的準備移動腳步，然而他卻握緊拳頭。結果琉特停在原地，蒼藍花瓣形成的牆壁遮去他佇立著的身影。

就這樣，櫂人的眼裡什麼也看不見了。

＊＊＊

櫂人這次也克服了劇痛衝擊所造成的瞬間性死亡。

他抵達了「世界的盡頭」內的另一處場所。在荒涼的銀色山丘上，各種族的大軍連一個人都不存在。然而，披著貴族風黑大衣的男人、巨大的至高獵犬，以及貌美女傭卻等在這裡。是自稱為櫂人岳父的男人、締結契約的惡魔，以及他的新娘。

弗拉德露出有著完美形狀的笑容，同時發出誇張的聲音。

「那麼，告別的準備毫無遺漏地做完了嗎，【吾之後繼者】？已經沒有遺憾跟後悔了吧？」

「嗯——足夠了。」

櫂人淡淡點頭，弗拉德大大地揮動裹著白手套的手掌。是因為得到肉體的亢奮感仍然持續著嗎，他的每一個言行都充滿了戲劇性。比向周圍後，他如此述說。

「沒必要緊張。強者有權利擁有。只要你希望『那樣』，這個世界就已是你的囊中物。因為如今的世界無人敵得過你呢。因此接下來即將展開的是惡魔與神，還有你的霸權鬥爭。沒必要花心思在螞蟻們身上吧。」

「少開玩笑，弗拉德。士兵是必要之物。」

「唔，確實也有道理。不愧是【吾王】。棋子很重要，特別是步兵愈多愈好。然而，只有你會去使用他們開出來的道路，不論做何選擇。就讓我在貴賓席好好地見識一下吧。」

弗拉德慇懃地行了禮。櫂人沒回應，他默默無語地走到銀色山丘邊緣。帶有鐵鏽味的風令淡色褐髮躍動，櫂人的視野突然擴大。

蒼藍薔薇與赤紅薔薇，兩色花朵朝著天際怒放著。

在黑色羽色覆蓋著的天空下，兩根御柱狂妄地聳立著。

「……伊莉莎白。」

在難以想像是世上之物的光景面前，櫂人如此低喃。在中心處的活祭品支撐下，本來不應該建立起來的柱子持續現世。在它周圍，各種族的大軍拉開距離蓄勢待發。他們有如伏地的野獸般，在編出御柱的藤蔓只差一點就會碰觸到的位置上等待信號。

櫂人閉上眼皮。他在計時。幻想出來的指針重疊的瞬間，櫂人睜開眼睛。

獸人與亞人，還有人類的傳令兵如同商量好的那樣動了。

戰鬥開始的喇叭被高聲吹響，簡直像在說這才是真正的末日信號似的。聲音重疊，撼動污穢大地。櫂人有如細細品味似的低喃。

「必須讓故事結束才行。」

對上位存在造反的狼煙，就這樣揚起了。

為了活下去而骯髒地掙扎，為了相信後世而死。

＊＊＊

在人類大軍中，聖人們首先組成了特異陣形。

以拉．克里斯托夫為中心，他們手牽手圍成圓形。那種排列方式也像是小孩子在玩的遊戲。然而，有如在證明它並不是如此和樂之物似的，連接在一起的手臂有許多都變形了。被鱗片覆蓋的手掌與關節處開花的手指疊合。然而，只有腿部被枷鎖束縛的少女兩手空空地晃來晃去。聖人女性有如在怪罪似的抓住她的右手。

少女噘起唇瓣，她詢問左側的男人。

「欸，欸欸，欸？」

「有，何事？」

男人將臉龐望向她。他的下半身是透明的，有幾隻魚在裡面游泳。光滑腹部簡直是圓形的水槽，另一方面，胸部以上卻是極度細瘦，布滿深深的皺紋。

少女有如在閒聊似的對異貌聖人囁語。

「我、我，我呀。相信著，神喔。曾經，相信過喔。相當、相——當地相信過。可是，自從腳，被授予，聖痕後，記憶就，都是空洞。不過，呀？」

「何事？」

「如果神明也說，『應該要毀滅』的話——世界就，應該毀滅，不是，嗎？」

少女說出純粹的疑惑，右邊的女性臉龐倏地一僵。唔——男人點了一次頭。接著他沉穩、卻很清楚地搖了搖布滿皺紋的臉龐。

「不，這是，錯的。」

「為什麼，有什麼、什麼錯呢？」

「就算是神明，有時也會，做出錯誤的，選擇吧。」

少女吃驚地瞪大眼睛。男聖人微微顫抖唇瓣。費了好大一番功夫後，他做出一個不能稱之為微笑的表情。他生硬地繼續說道：

「將一切，歸究於神，故意做出錯誤之舉，並非，信仰。」

「……不是，信仰，嗎？」

「嗯——所謂的祈禱，本來就是單方面的行為。」

銀魚在透明腹部裡發出水聲彈跳，男人臉上的皺紋同時也開始消失。擁有端整美貌——歲數與少女差不多的——少年臉龐出現。他用沒有迷惘的眼瞳低喃。

「『國家與力量還有光榮永遠是祢的掌中物』。吾等帶著這個心願祈禱至今。然而，高舉『一切都是神之物』這種冠冕堂皇的理由，卻打算實現想要毀滅世界的邪念跟渴望目睹奇蹟的私欲是不被允許的。『願神成為你的救世主』。不論何時何地都相信會成為吾等的救世主，也是所謂的信仰。」

「我，不太呀。不太，呀。不太呀，了解呢？」

「我曾經祈禱過。祈禱百日千日到膝蓋會在石板上留下痕跡的地步，希望神能夠拯救大家。」

少年忽然喃喃低語。由於與神連接在一起的負荷，大多數聖人都喪失了記憶。然而，他似乎還記得。難能可貴的話語讓少女一邊瞪圓雙眼，一邊詢問。

「有得到，拯救，嗎？」

「不，沒有。我的濟貧院，所有人都病死了。然而，在絕望與憤怒過後，我的心仍是被祈禱救贖了。而且，我渴望為了拯救他人而獻上短暫的一生。其結果就是這個神聖的變形……愈是渴望連接，就會變得愈強。沒有記憶的大家也都是如此吧。」

「是，是這樣子，的嗎？是這樣子，的，呢？是這樣子，的嗎？」

「我並不認為【守墓人】大人與拉．克里斯托夫大人都錯了。要如何信仰神，是羊群們應該自行決定的事。我們很弱小，所以會無法控制地將願望與心願投影在神身上——因此，應該打從心底相信誠心獻上祈禱的對象有著美麗的形態。」

啪滋一聲，這次彈跳的是金色的魚。他一口氣開始變老。少年的臉龐再次變得皺巴巴的。男人緩緩舉起青筋畢露的手掌。

「所以，我與，那位大人，才會在，這裡。」

「……嗯，是，呢。我們是，一樣，的呢。」

男人與少女牢牢地望著拉·克里斯托夫。就算在終局之際，他也沒有催趕，而是等待著少女的判斷。不久後她伸出手，少女跟男人緊緊地牽住手。

就這樣，環完成了。

在那瞬間，雖沒有人碰觸，聖人們的枷鎖仍是解除了。受到激烈衝擊，地面的結晶破碎四散。連個信號都沒有，輪唱就這樣開始。厚重又不可思議的聲響呈現波紋狀撼動空氣。

『啊——Aa——啊——Ah——Ah Aaaaaa啊啊啊啊啊啊啊啊啊！』

一大群魚，虹色光彩，以及血滴。

與聲音一同延伸。

它們朝位於中央的拉·克里斯托夫那邊前進。

他撥開黑色長髮，莊嚴地展開雙臂。暴力般的耀眼光輝集中至裸露而出的肋骨，眾聖人釋出的幻想生物與體液等等被吸入其中。

他的肋骨裡，原本就飼養著白色雲雀。

小鳥們猙獰又貪婪地啃食飛進來的事物們。

拉·克里斯托夫肋骨裡的雲雀們互相融合、膨脹。那副模樣就像新臟器產生、肥大化、漸漸侵蝕身軀似的。是變化伴隨著劇痛嗎，他激烈地痙攣起來。

拉・克里斯托夫難看地從口中噴出血與口水白沫。即使如此，他仍是擠出聲音。

「——吾，等……聚集，等，候於，此。」

他的肋骨配合聲音朝左右開啟，簡直像是生鏽的門開啟似的。不久後骨頭完全綻放，白色羽翼從裡面一口氣飛出。巨鳥現身，比拉・謬爾茲曾經召喚過的更加巨大。人耳聽不見的高音撕裂大氣。

【纖細的養鳥人】拉・克里斯托夫流暢到神奇地移動唇瓣。

「趴伏於御前投訴吧！」

『啊——Aa——啊——Ah——Ah Aaaaaa啊啊啊啊啊啊啊啊啊啊！』

鳥兒展翅，它們以目不能視的速度飛翔，軌跡上只飛散著宛如雪一般的白色羽毛。鳥衝向駐紮於惡魔御柱附近的侍從兵們，有著蒼蠅外形的人們瞬間遭到蒸發。強烈的先制攻擊一口氣吸引了敵人的注意力。

獸人們沒有放過這個機會，也開始展開攻擊。

「預備——發射啊啊啊啊啊啊啊啊！」

箭矢如同大雨般，從側面擊打蒼蠅群。然而，物理層面的攻擊本來不會有什麼效果，就算被祝聖過也一樣，在惡魔御柱附近的話就更是如此了。不過，被箭矢刺中的侍從兵們陸續痙攣，而且還墜落了。法麗西莎一邊用望遠鏡見證牠們的末路，一邊露出深深笑意。

「果然啊，燒灼身體的毒素效果不分敵我嗎？」

獸人們使用的是毒箭，而且還是塗上「侍從兵毒素」之物。是治療師對回收的屍骸進行分析後複製、櫂人再注入魔力的物品，威力也因此倍增。

為了防止誤射，只能在戰鬥開始時使用。然而就先發制人而論，仍是十分有效果的攻擊。

無數侍從兵墜落，覆蓋柱子的牆壁一口氣崩塌。

三處地點的士兵們開始進軍，弗拉德有如在鑑賞遊戲般低喃。

「首先是，雙方讓『步兵』前進——就是這樣吧。」

「嗯，到此為止跟預料中的一樣。進行得很順利，沒有問題。」

櫂人點點頭。在他旁邊，狀似蝙蝠的兩片翅膀有力地拍打空氣。【皇帝】是可以自由改變尺寸的野獸。他與弗拉德還有小雛一同乘坐在自己那具惡魔的背部。

至高獵犬的身體如今超越了龍。在他們的眼底，被減少的侍從兵無法鎖定目標被一分為三。櫂人等人趁著這個空檔，沒被發現地趕往惡魔御柱。然而就在此時，大氣出現變化。也像是薔薇芬芳、令人為之氣窒的香氣擴散開來。

弗拉德浮現惹人厭的笑容，小雛也壓住銀髮瞪大雙眼。

「哎呀呀，出場了嗎？」

「——櫂人大人。」

「我明白——勝負從現在開始。」

如今，惡魔御柱為了準備第六波而處於休眠狀態。然而就算處於沉眠深淵，它仍是毀滅世界的破壞者。御柱宛如活生生般抖動。有如男人的眼皮，或是女人唇瓣閉合似的，裝飾怪異外貌的薔薇一齊變回花蕾。然而，它們卻有如再次綻放似的開啟。從疊合數十層的花瓣深處長出某物。

巨軀被黏液包裹，濕滑地從多肉花瓣之間掉落。

簡直像是扭曲的生產。牠咚轟一聲著地，搖晃所有事物。冰之大地裂開，許多士兵一邊發出慘叫，一邊被奈落深淵吞噬。

弗拉德輕撫下巴，他咯咯愉快地嗤笑。

「唔，應該說是『騎士』或是『城堡』吧。」

那東西自行揮去覆蓋全身的黏液，黏答答的薄肉膜也一同落下。得到自由後，牠站起身軀。眺望巨大的黑色身影，讓人想起某句話。

是聖女所言的，末日光景的片段敘述。

『蒼藍刀刃分割國土。還有黑色巨人。』

黑色巨人是用互相交纏的荊棘創造出來的，其中塞滿上千根骨頭。它們從內側補強輪廓，手中也握著符合身軀尺寸的蒼藍色斷頭巨斧。

簡直像是重演舊世界末日的其中一幕似的。

另外，巨人看起來也像是「拷問姬」製作的「優秀的處刑者（The Boondock Saints）」或是「人偶火刑（Wicker Man）」。

製造特殊侍從兵之際，惡魔御柱或許也會參考擔任活祭品之人的記憶。然而，這邊更像是「處刑者」。由於斷頭斧前端帶有鏟子般的圓潤感，因此也給人像是「挖墓人」的印象。

（這個比喻的確沒錯吧。）

因為黑色巨人出現的目的，就是為了掩埋舊世界。

巨人為了弔祭生者，就這樣悠然地邁開步伐。

＊＊＊

事實雖然很單純，不過「所謂巨大，光是這樣就已經是威脅了」。

尺寸愈大，一擊的破壞力也會隨之增加。反過來說，受到的損傷也不容易成為致命傷。倚多為勝的話，就算是螞蟻也能殺掉大象。不過如果大象也增殖，那事情就另當別論了。

總有一天會被殲滅，而且巨人還有著明確的弱點。

對三種族而言，諷刺的是唯一的優勢就只有「目標的巨大尺寸」。

也就是說，只要射擊就會命中。

『啊——Aa——啊——Ah——Ah Aaaaaa啊啊啊啊啊啊啊啊啊啊啊啊！』

聖人們不曉得是第幾次的砲擊炸裂了。有三隻巨人的腹部被白鳥貫穿。

巨人們在周圍一帶散布骨頭與火焰倒了下去，構成牠身軀的藤蔓鬆開。沒受傷的巨人絆到它，受到波及後又有另一具倒伏在地。

「上啊！動起來的話就立刻脫離！」

獸人們一邊避開地裂，一邊圍上巨人的軀體。如果是植物的事，就是他們的專業領域。獸人們動作迅速地割斷四肢的藤蔓。骨頭從中溢出，散落一地。精確地處置完後，獸人們一起逃走。被丟在原地的巨人開始掙扎，但四肢沒有移動。

倒地的巨人，不久後就這樣被同伴踩扁。

一連串的攻勢已經像是搞笑劇了。然而，弗拉德卻有如敬佩似的低喃。

「嗯，是叫作拉．克里斯托夫吧？那個聖人，看樣子是『看準』連鎖開火的呢。光是一肩扛起砲擊職責就已經夠令人吃驚了，居然還能如此……虧他能維持住理性呢。如果不是聖人的話……哎呀呀，真的可以說是寶貴的人材。」

「你啊……又打算下手進行什麼奇怪的勸說嗎？」

「哈哈，安心吧，『吾之後繼者』！既是吾王又是兒子的人，現階段只有你一人喔！只不過我天生個性便是如此，一看見優秀的人材就會心癢難耐呢。」

「一點都不開心……話說回來，雖然意外地驍勇善戰……不過，果然還是不妙呢。」

拉．克里斯托夫接下砲擊一職有兩個理由。

因為他判斷攻擊惡魔御柱接近攻城戰。比起槍擊，需要的是砲擊或是槌子給予的一擊。另一個理由是聖人們的耐久值不高。他們並不慣於作戰。穿插休息時間話雖會恢復，卻不可能連續運作。因此拉・克里斯托夫計劃擔任砲擊一職，藉此增加威力與減少所有人的負擔。然而，如今聖人們也開始痙攣了。

中央處的拉・克里斯托夫的衣服也染成赤紅色。鮮血從他的下巴滴落。然而，圍成圓陣的聖人們其疲勞度更是嚴重。

（只能再撐數擊嗎……）

而且狀況的駭人度也加深士兵的錯亂程度。大地上散布著一大片紅色汙漬，其中甚至有化為泥沼狀的場所。具有黏性的紅色就像成熟草莓的果醬。那是三種族的「痕跡」，是生物被巨足與斧頭打爛後的痕跡。

定睛一看，其中甚至混雜著變扁平的鎧甲與骨頭。

是連用「屍體」來形容都有難度的模樣。

（——那麼，該怎麼做呢？）

櫂人思索。只要他出馬，事態就會好轉。然而，瀨名櫂人是唯一能折斷惡魔御柱的人材，因此必須直到最後一刻才能讓御柱本體掌握到他的存在。畢竟無人知曉御柱會做出何種「類似知性的反應」。

它甚至有可能停止準備第六波，將已經完成的侍從兵用來迎擊。如此一來，三種族便會全滅。櫂人能否在時間結束前接近御柱，也會變得很可疑吧。

因此，他面向前方就這樣詢問。

「小雛妳可以過去嗎？」

「遵您旨意。」

不想在這裡別離——她並未這樣說。

櫂人搖曳黑色長大衣的下襬，然後回過頭。在視線前方，他的新娘手持槍斧站立著。在現在這個時間點離別，就意味著無法參與櫂人抵達御柱後的行動。

即使如此，小雛仍然沒表示異議。她只是一如往常地微笑。

正是因為如此，櫂人簡潔地，同時打從心底信任地下令。

「就拜託我的妳了。」

「是，我會以無比的喜悅去做這件事。」

在那瞬間，小雛轉過身軀。她毫不迷惘地踹向黑犬的背部。疊合荷葉邊的裙子因空氣阻力而膨脹。小雛令背後的蝴蝶結翻飛，筆直地向下墜落。

那前方是一片地獄。

聖人的砲擊變慢，然而，巨人的數量卻是不斷增加。血漬漸漸化為湖泊。

「別停下腳步！分散行——！」

就在此時，法麗西莎察覺到墜向這邊的存在。她連忙舉起望遠鏡。法麗西莎掌握著「狂王」那一邊的戰力。即使如此，她仍然無法理解地低喃。

「……女、傭？」

就這樣，女傭在戰場上著陸。

周圍的士兵吃驚地張大嘴巴。然而，小雛卻不在乎他們的反應，逕自踹向地面。她用爆炸性的加速度衝向巨人。巨人舉起腳，然後放下。然而，小雛卻在腳底板接處地面前躍起，藉此避開踩裂地面的震動所造成的影響。

小雛就這樣朝巨人的腳揮出槍斧。

「喝啊啊啊啊啊啊啊啊啊啊啊啊啊啊啊啊啊啊啊啊啊啊啊啊啊啊啊啊！」

她發出裂帛般的吆喝聲，同時埋入斧刃。藤蔓被一起切斷了。衝擊波一直穿透至另一側，與骨頭一起噴出。被切斷的腳無法完全撐住體重，從傷口處咯啦咯啦地折斷。

一隻巨人將右側的巨人拖下水倒伏在地。轟音響起後，戰場上寂靜無聲。

在眾目睽睽之下，小雛用揮完槍斧的姿勢低喃。

「有多少都放馬過來。這就是我的忠義與愛情——也是遷怒。」

哇——華麗的歡呼聲響起。

就這樣，戰況來到第二次的變化。

＊＊＊

黑色巨人步行。兩名少女有如穿梭般，在撼動這片大地的雙腳縫隙間奔馳。

一人朝四面八方揮動槍斧，利用反作用力飛舞在空中。另一人用狀似昆蟲鐮刀般的腳削去冰層滑行。外觀雖然有著差異，兩者的腿卻都是機械製的。

一人是女傭，另一人是身軀有半數以上化為機械的聖騎士。

小雛與伊莎貝拉，兩人的身法已超越了人類的動作。

「閣下能前來真是幫了大忙！只靠我的話，光是保護眾位聖人跟引導士兵避難就已經忙翻天了。正因為體積大，動作很遲鈍呢……用貞德的口吻來說，就是【傻大個】吧？」

「嗯，我們在機動力上面有優勢！既然如此，如今就唯有馬不停蹄地斬切！」

她們一邊奔馳，一邊將利刃插進巨人的腳上。兩人就這樣衝過腳邊，一起移動的利刃切斷藤蔓。雖不致構成致命傷，卻也可以避免過度深入追擊。

兩人刻意描繪複雜軌跡，在數具巨人之間來來去去。不久後，被切掉太多藤蔓的腳發出喀啦聲響折斷了。在小雛與伊莎貝拉的奮戰下，巨人們的腳步變慢了。

而且，能夠將大軍全部壓縮起來的軀體，並不適合短兵相接。

士兵們也在變遲鈍的腳之間開始進軍，他們有如在大樹森林裡奔馳似的趕往前方。

「快跑，別抬頭看巨人！別害怕衝過去！」

「前進！巨人們正好纏在一起！把那些傢伙拋到身後！」

如今，許多士兵不分種族地跨坐在眾魔術師召喚的野獸背上。

小雛與伊莎貝拉戰鬥之際，回收了含有大量魔力的巨人骨頭。獸人們當場將它們加工成魔術具，王都的魔術師們則是開會研討「世界的盡頭」也能活動的召喚獸。這是所有人齊心協力描繪召喚術，大量呼喚出來的玩意兒。魔術商老人大聲笑道：

「哈哈哈，哎呀，果然愉快呢！能免費大放送到這個地步的機會可不多喲！」

外形有如馬跟蜥蜴結合在一起的生物，用爪子牢牢抓緊冰層，強而有力的踹擊。

就這樣，他們將巨人拋至身後進軍了。

惡魔御柱很近，聳立於遠處的異貌已近在眼前。

櫂人他們也沒被得知其存在，肅穆地逐漸接近。是察覺到巨人不利嗎，惡魔御柱停止新的生產。一切看起來都進行得很順利，然而弗拉德卻緩緩環抱雙臂。

他用只陳述事實的口吻，淡淡地做出宣言。

「唔，看樣子輕鬆過關的情況到此為止了呢。」

「嗯——敵人的回合要來了。」

正如兩人所言，惡魔御柱再次產生變化。

薔薇花瓣緊緊閉合。花蕾一邊輕盈地旋轉，一邊綻放。大量蜜水與某物一同被吐了出來。那是令人聯想到蟷螂孵化時的光景。那些東西陸續被產下至冰之大地。

垂直墜落後，「她們」用自己的腳站著。白皙裸體埋盡御柱的前方。

「她們」有如人肉盾牌似的站立，弗拉德小聲地嗤笑。

「原來如此，是【主教】啊。」

「……伊莉莎白？不，完全不同呢。」

「要撤回意見還早喔，【吾之後繼者】。我覺得重現率也有一定的程度就是了，確實有混雜在裡面呢。」

那東西的外表貌似伊莉莎白，美得不可方物。然而，她們卻從骨骼都迥然不同。整體比伊莉莎白纖細單薄，而且有著令人不安的虛幻感。櫂人做出似乎會被她破口大罵的判斷。看樣子聖女的模樣好像也被混了進去。

更重要的是，那東西有某處不同，甚至到了用人類來比喻會很不適當的地步。某物壓倒性地有著不同，其存在本身就有著偏差。

它沒有色素，簡直像是雪雕，或是冰、玻璃的雕刻。全身平滑到極點，而且潔白。表面沒有皮膚，感覺起來也沒有血肉。然而，就現況思考最異樣的地方就是，她們並沒有便於抵抗的身體部位吧。

不好的預感忽然襲向櫂人，他有如電擊般想起某個光景。

（是與襲擊王都的三隻惡魔融合的肉塊——與它戰鬥時發生的事。）

在拉．謬爾茲的砲擊下，肉塊受到重大損傷。那道傷口有如沸騰般冒泡，然後平滑地隆起。再生後，肌肉詭異地造出一張男人的鬆弛臉龐。

它張開厚唇，釋出灰色咆哮。

結果，教會威力最強的「固定砲台」拉．謬爾茲自殺了。

在惡魔的精神攻擊下。

「——小雛！」

「大家，不可以看眼睛！」

小雛立刻接收從遙遠高處發出的指示。她大喊，卻為時已晚了。

「她們」一齊「睜開眼睛」。

像是黑珍珠的眼球牢牢地捕捉住士兵們，被收進白色眼皮另一側的黑暗帶有異樣光彩。

就算權人沒親眼目睹也明白，那兒映照出有如將宇宙夾縫剪下來般的混沌虹彩，以及無數沒誕生下來的可能性。

在明滅過後，它變回黑暗。全軍一齊停止。

沉默充斥現場。

是戰場上不能有的寂靜。

＊＊＊

沉默以最惡劣的形式崩潰。

各處開始傳出奇妙笑聲。

嘻嘻……嘻嘻嘻……嘻嘻……呵呵……呵呵呵呵呵呵呵呵。

聖人如同孩子般笑了出來。特別是在腹中養魚的男人，他發出了開心的聲音。在他懷中，迅速被保護起來的少女蠕動身軀。她眼睛被遮住，就這樣叫道：

「什、什麼，怎麼了？欸，發生什麼事了呀，欸？」

（——不妙。）

櫂人不由自主倒抽一口涼氣。大部分的聖人，其內心深處都懷抱著深沉的心靈創傷。此外，由於跟神深深地連接在一起之故，精神遭到了破壞。一旦走到這般田地為止的記憶恢復，就算是保有理智之人也不曉得他們會變成怎樣。

櫂人腦海中閃過拉．謬爾茲的下場。

她真的很天真無邪地咬斷了自己的舌頭。

在眾聖人之後，三種族的士兵們也開始行動。在這幾天的戰爭中，他們在精神上受到沉重的打擊。特別是民兵志願者裡，有許多人別說是家庭，甚至是喪失了整個家族。

他們掉轉長劍，將劍尖朝向自己。

瞪大的眼眸裡流下滂沱淚水。

「——唔！」

櫂人也沒掌握阻止此舉的方式。先給予衝擊再說吧——如此心想後，他舉起手。

瞬間，巨大到駭人地步的轟音震撼周圍。

「…………咦？」

就算是櫂人也瞪大了眼睛。粗糙砲彈許多發許多發地命中女人們。剛開始時，「她們」身上沒產生任何變化。然而，全身卻漸漸因為裂痕而變混濁。終於，「她們」破碎四散。眼球滾到地上，發出悲鳴消滅了，這個才是本體嗎？

砲擊以隨後跟上般的迅捷朝向士兵們乘坐的召喚獸。雖然可憐，現場仍是傳出慘叫聲。許多人被拋飛，長劍貫穿自身胸膛前，從他們手中掉了下來。

混亂聲音陸續響起，在轟音與衝擊的影響下，士兵們恢復正常。

「什、什麼，怎麼了？」

「究竟發生了什麼事？呃，喂，你是怎麼了，快住手！」

其他人制住仍處於精神失常的人們。那聖人呢——望向那邊後，只見他們被射出來的網子裹住，搞不清楚狀況地掙扎著。櫂人撫胸鬆了一口氣。在這段期間內砲擊並未停止。死纏不放又毫不留情的攻擊，令人感到砲擊手的頑固，還有某種意義上的惡劣性格。

「目標確認，射擊啊啊啊啊啊啊啊啊啊啊啊啊啊啊！」

磅，磅，磅，喀鏘！

在砲彈連續命中的影響下，追加製造出來的「她們」也破碎四散。同一時間，新的砲彈也跟整備班與搬運班一同被轉移至此。這副連續開火的模樣一如往常，一般而言根本是不可能的事。

這是活用大量生產的火藥與金屬，以及高度加工技術的力技。

法麗西莎安撫自己乘坐的野獸。確認對手後，她發出愕然的聲音。

「哈，想不到你居然真的會過來……亞古威那．耶雷法貝雷多！」

「叫亞古威那就行了。您說這是什麼話。『如今正是吾等的黎明』，您也有這樣聽見吧。不，並不是因為我判斷這樣下去純血區的防衛會受到壓制而敗陣喔。」

戴好眼鏡後，亞古威那扭曲嘴角。法麗西莎用鼻子發出哼笑回應這番話語。

砲擊持續著，轟音撼動周圍。「她們」的碎片與眼球四處飛散。巨人步步逼近，伊莎貝拉再次為了拖住腳步而奔向他們。有如帶有棘刺的鞭子般的柔韌一擊朝亞人砲擊隊揮落。

「別小看下位存在啊啊啊啊啊啊啊啊啊啊啊啊啊啊啊！」

聖騎士們將盾牌舉至頭頂，朝前方突進。他們用祝聖過的盾牌擋住整根藤蔓。衝擊令他們的腳深陷冰中，小雛在聖騎士們承受攻擊時揮動槍斧。

她割斷了數條藤蔓，惡魔御柱的注意力完全轉向它與士兵們的混戰。

「唔，要前進的話就是現在了吧。」

「嗯，是啊——走吧。」

櫂人他們一口氣接近惡魔御柱。芬芳香氣變得更濃，怒放著的蒼藍薔薇掠過手臂。位於中央的活祭品差不多該映入眼簾了，再一小段路程就會抵達目的地。就在此時。

至今為止保持沉默的【皇帝】開了口。

『欸，小鬼啊。』

「哇，嚇我一跳……突然講話幹嘛啊，【皇帝】。」

『——可以殺掉嗎？』

「咦？」

權人發出傻氣的聲音。

他無法理解對方對自己說了什麼。

「這是什麼意——！」

權人的視野忽然翻轉。雖然心中混亂，他仍是勉強掌握了現況。

權人被黑犬從背上甩落。在遙遠的頭頂處，可以看見在雙眸中燃燒著地獄火焰的獵犬身影。權人慌張地打算詠唱浮游咒文。

瞬間，他感受到鮮明的衝擊。那是與充斥全身的痛楚又不一樣的纖細劇痛。

「…………咦？」

至高獵犬的獠牙陷入腹部。

【皇帝】深深地咬住權人。

「那麼，意思是在抵達【皇后】身邊前，要先跟【國王】戰鬥嗎？」

弗拉德獨自站在空中如此低喃。是在思考什麼呢，他將唇瓣扭曲成討厭的形狀。

鮮血迸射、內臟落下。【皇帝】發出冷哼。

權人就這樣被自己的契約對象撕咬了下半身。

11

「狂王」與「皇帝」

fremdtorturchen

『果然還是，死不了嗎？你這傢伙，已經不能稱之為【人類】了呢，【十七年間的痛苦累積】啊。』

「那還真多謝了——那麼，你突然是怎麼了？」

即使自己的肉在眼前被咬碎吞嚥，櫂人仍是平靜地回應。在說話時，他的下半身也呈現被吃掉的狀態。然而，髒汙的截斷面卻不斷長出肉體。

內臟宛如觸手般一邊蠕動，一邊伸長互相纏繞。骨頭長了出來，肌纖維與肌膚分布在上面。他用復原的腳踹向空中，與自己的惡魔面對面。以前對【皇帝】表示意見時，櫂人曾被咬斷單臂。然而與當時不同，他完全不感到恐懼。

（啊啊——原來如此。）

事到如今，櫂人總算得到某個實際的感受。他與【皇帝】已經是對等的存在了。然而，能跟惡魔平起平坐的人類，只是不能存在於世上的扭曲。

也就是說，他是已經無可救藥的生物。

『怎麼了，嗎——哈，在惡魔面前，虧你能像這樣悠哉地鬼叫。欸，小鬼？吾不肖的主人，【十七年間的痛苦累積】啊。』

「所以說你是怎麼了？心裡有想法的話，就說清楚講明白啊。」

『你才是——接下來你打算做什麼？』

【皇帝】眯起熊熊燃燒的雙眸，如此詢問櫂人。這種問法與伊莎貝拉的口吻很相似。簡直像是為了下達最終判決般的問罪。

激烈的戰鬥在遙遠的眼底下持續著。目前三種族正上演著一場好仗。然而，很明顯不久後均衡就會崩壞。三種族這一方能維持優勢的時間，說到底只不過是一瞬間罷了。

如今時間比寶石、比黃金還要貴重。然而，櫂人卻沒有回答。

他只是靜靜地洋溢著微笑，至高獵犬低吼。

『說不出口嗎，主人啊？』

「……」

『對吾，說不出口嗎？』

櫂人貫徹著沉默。然而，這也是理所當然的事。就某種意義而論，跟小雛那時一樣。不，比那個還要糟糕。他堂堂正正地沒有應該要告知自己這隻獵犬的話語，也沒有能夠羅列出來的藉口。

（——來說個故事吧。）

這是被人類悽慘地殺害的少年，跟殘酷地殺害人類的怪物的故事。

或是被雙親捨棄的小孩，跟被世界捨棄的英雄的故事。

不管是哪一邊，都是憧憬跟愚昧之舉的故事。

是愛的故事，卻不是戀愛物語。

打從最初，就跟惡魔這東西毫無關係。

正是因為如此，瀨名櫂人說出算不上是答案的話語。

「抱歉，【皇帝】。就讓我利用你到最後一刻吧。」

『小鬼啊，這是第一次喔。吾這至高無上的【皇帝】，如今初次得知了憎恨。』

【皇帝】露出獠牙。寄宿在那對眼眸裡的火焰色彩微微改變。他初次表示了自身的憤怒。然而奇妙的是，那副模樣看起來也有些愉快。

這個結果不只是仲介者，也受到自身之主的影響嗎？【皇帝】將鮮明的激情放上低吼。

『吾曾經很中意你。那股瘋狂、那種扭曲，為了希望而拿起絕望的愚昧！能墮落至何種地步，正是值得一見之物。然而，你，你——竟然要走到如此地步嗎！』

「是啊，沒錯。我要不跟你商量一聲，就去完成我想要做的事。」

『認為吾會允許嗎？』

「不可能會允許的吧。」

『既然如此——吾應為之事，就只有一個了喔？』

【皇帝】大大地張開下顎，一整排的獠牙發出光芒。寬廣的口腔內部簡直像是棺材。

周遭充滿血與腐肉的氣味。櫂人靜靜嘆息，他是明白的。
（傷腦筋……真是徒勞啊。）
畢竟兩者就算戰鬥，也分不出勝負。
櫂人得到痛苦的話，就會被【皇帝】還原為魔力，結果會變成雙方一起增加力量。如此一來，就會永遠撕裂彼此的血肉，並且重複再生吧。【皇帝】是聰明的野獸，他應該也已經明白了才對。即使如此，【皇帝】仍然不打算撤回殺意。
櫂人不由得輕笑，他打從心底感到好笑似的告訴上位存在。
「欸，【皇帝】，你沒察覺到嗎？」
『察覺何事，自稱【狂王】的【愚者】啊。』
「你啊——簡直像是人類一樣呢。」
獸眼燃起炙烈火焰，至少在櫂人眼中看起來是這樣。在那瞬間，【皇帝】宛如流星般毫無前兆地飛過來。黑色軌跡無視肌肉的極限，朝櫂人逼近。
【狂王】做好準備等待著他。就在此時，另一道影子忽然站到他面前。
「——咦？」
「哎呀，我覺得也不怎麼意外就是了呢。」
不，會很意外吧——櫂人如此心想。然而他沒時間回嘴，漆黑星辰接近而來。
站在櫂人面前的對象沉著地將單臂伸向前方。黑暗與蒼藍花瓣從裹著白手套的掌心噴出，它們變成無數枚利刃。然而【皇帝】沒有停止地衝過來，他的下顎逼近至咫尺之遙。

「——唔。」

弗拉德．雷．法紐很感興趣地低喃。

他的反應，僅此而已。

下個瞬間，弗拉德代替權人被咬下右臂。

＊＊＊

「原來如此，這就是缺損的痛楚嗎？被火燒死之際的疼痛我雖然曉得，不過還真是有趣。只要止血就不會死掉還挺方便的呢。還有，居然將攻擊無效化……你果然很強呢。」

『你這是何意，弗拉德啊。裝小丑裝過頭就是罪孽喔？』

【皇帝】有如威嚇般低吼。另一方面，弗拉德揮動已經止血的右臂。貴族風長外套搖曳。不知為何，他臉上毫無焦急神色，有如在演歌劇般裝腔作勢地回應。

「嗯，【皇帝】，在過去支配世界的人確實是我跟你沒錯。然而，夢想沒有實現而潰散，在奇妙的變遷之後吾等立於此處。既然如此，比起毫無益處地互相廝殺，應該有其他應為之事才對。」

『這是在說什麼，【在腦內飼養地獄的男人】啊。大腦終於被自己的地獄吞食了嗎？』

「怎麼會，地獄這種光景滿地都是，是要被這種玩意兒吃掉什麼啊。」

弗拉德咧嘴露出討厭笑容。然而，他卻沒打算從櫂人面前移開。弗拉德讓被吃掉的部分維持原狀，就這樣大大地展開雙臂。他用依舊孩子氣到不可思議的動作，歪歪頭露出微笑。然而，那副表情卻忽然染上鮮明的憎惡。

許久不曾見到的表情令櫂人一驚，弗拉德用冰凍般的聲音說道：

「我這種生物，是連辛酸都能享受下去的享樂主意者，可不是為了敗北而誕生的。」

『所以說，你究竟在說什麼？』

「原來如此，世界末日。原來如此，破壞一切。好之又好。特別是御柱，美麗到了極點，既醜惡又只能用完美形容——然而……」

聽到這些話語，櫂人想起某個光景。

是在「世界的盡頭」，伊莉莎白與貞德被囚禁之後的事。

在不知不覺間，弗拉德移動至雙柱前方。他大大地展開雙臂，眼神發亮眺望「拷問姬」她們的變貌。

『——————完美……美麗又醜惡無比……啊啊，只有完美可以形容。』

那副表情，有如孩童眺望流星雨般天真無邪。然而，他卻忽然露出嚴肅表情。

急速恢復極為冷靜的態度後，弗拉德思考出某個答案。

『——————不過啊，唔嗯。』

當時，他是在思考什麼呢？

如今，那個答案被揭曉了。

「你想一想，十三惡魔與他們的王，說到底只不過是世界末日前的暖場戲罷了。有其他事情如此荒唐嗎？」

『你這傢伙……等等。吾還想說你挺老實地聽命著【十七年間的痛苦累積】，該不會是……打算對神與惡魔復仇吧！』

「咦，你是這麼打算的嗎？」

【皇帝】喀一聲敲響獠牙，有如在說自己已經明白似的。對意想不到的狀況發出毫無掩飾的聲音後，櫂人望向弗拉德的背部。弗拉德堂堂正正地挺起胸膛。

「正是如此！一切只是為了要讓神與惡魔的事，讓祂們回歸虛無！對我的復仇來說，『吾之後繼者』的決心來得好極，而且也很適合！好啊，吼叫吧！憤怒，亢奮，發狂吧！我就是為此而品嘗到這個屈辱的！」

『在末日之前報私仇，你是在胡鬧嗎？』

「這傢伙是笨蛋。」

櫂人也沒立場講別人，倒不如說他還比較愚蠢。櫂人自己也很明白。然而，弗拉德的口吻實在是太得意洋洋，因此他不由得吐嘈了起來。即使受到兩人指正，弗拉德仍然毫不氣餒地接著說道：

「嗯，是很愚蠢。然而，這樣就夠了！因為這個世界本來不是悲劇，而是喜劇！我被擅自當成演員，『吾之愛女(My Precious)』被奪走，最後甚至連『我』過去的死亡都被當成暖場戲！既然如此，這就是連主角都被貶為丑角的舞台吧？」

『你還是一樣啊……那種思考方式，顯然是脫離了正常人的範疇。』

「而且，身為【皇帝】與【人類所能伸手觸及的最高價值】，同時也是【至高的獵犬】的你，最終仍是無法逃離主人影響的惡魔喔——如果是現在的你，應該就會明白才對，明白何謂『憎恨』。」

『……哼。』

「那東西本來應該要朝向誰的脖子才對呢？與殺不掉的對手無益地互相啃食就滿足了？」

【皇帝】沒有回應，他選擇沉默。

在下界那邊，鬥爭聲響仍在持續著。然而在空中這裡，有如在騙人般的寂靜持續著。簡直像是只有這個現場從世間萬物上面分割下來似的。然而，這陣靜謐終究還是迎來了結束。

弗拉德再次開口，愚者極其認真地述說。

「高傲之人，直到最後一刻都應該要高傲才對。為了我，毫不憂慮地盡情傲慢吧。」

『…………』

「【皇帝】別讓區區人類失望。」

【皇帝】沒有動，弗拉德也只是繼續佇立。不久後，【皇帝】甩了一下尾巴。

他真的很不服氣地撂下話語。

『——可以走了，吾不肖的主人啊。』

「……【皇帝】。」

『的確，你的瘋狂就算互相啃食也只是白費功夫。既然如此，就趁吾尚未改變心意前離去吧。賜予吾憎恨的人啊，你直到最後一刻，都是一片清明地扭曲到底。』

簡短地點點頭後，櫂人打算前進。他翻飛黑色長大衣的下襬。然而就在此時，櫂人卻先停了下來沒飛向前方。他回頭望向後方，弗拉德依舊佇立在【皇帝】身邊。

他輕輕揮動仍在再生過程中的右臂，弗拉德天真無邪地說道：

「別了，『吾王』，『吾之後繼者』——吾之兒子啊。」

只有這次，櫂人特別容許了這種稱謂。

不知為何，弗拉德露出微笑。他不可思議地浮現孩子氣的笑容。

「託了你的福，我每天都過得很開心。」

「……這樣啊。」

那句話語中沒有謊言也沒有作偽，弗拉德過於率直地表示了謝意。

正是因為如此，櫂人彈響手指。他已經連將劇痛轉變為魔力的機制都不需要了。他在

【皇帝】大意時，單方面地解除了契約。黑色野獸的身影眼看著就要被彈出現世，然而就在那前一瞬間，櫂人將絲線接到弗拉德身上。新的契約讓他瞪大雙眼。

「哎呀呀，如此一來【皇帝】就真的沒理由阻止你了……不過，這樣好嗎，『吾王』？認為我不會為害人類嗎？」

「別忘了裝進你頭部裡的自爆裝置。」

如此低喃後，這次櫂人真的轉過了身軀。將自己的黑之大軍，就某種意義而論一路跟隨至此，可說是最後部下的存在留在原地後，他獨自一人前進。櫂人已不再回頭。

然而，他還是望著前方，就這樣輕輕揮了手。

「再見啦，弗拉德。伊莉莎白會變成『拷問姬』，還有『重整派』會變得活躍，追根究柢都是你害的，所以我絕對不會原諒你……不過，我每天也過得挺開心的。」

「真是的，這叛逆期真的很長呢。」

弗拉德傻眼地說道，他恐怕正在聳肩吧。然而，櫂人並未望向那副模樣，這一回他筆直地飛向前方。

朝緊鄰惡魔御柱的——

神之御柱前進。

＊＊＊

「什、櫂人閣下！」

「不是那邊喔！」

在遙遠眼底下的那片冰之大地上。

伊莎貝拉與琉特同時發出驚慌的聲音。他們一邊專心在自己的戰鬥上，一邊關注櫂人的動向。畢竟瀨名櫂人是【狂王】，也是被當成惡魔御柱的伊莉莎白的隨從。他具有為了自身目的而毀滅世界的危險性。

如今，櫂人不知為何不是朝惡魔御柱，而是朝隔壁的神之御柱前進。

（應該阻止嗎，不，該怎麼做才──！）

琉特喀一聲讓牙齒互相咬合。現在，瀨名櫂人是最高峰的魔術師。他所站立的山頂很高，無人能夠阻止他，就連全盛期的聖女都檔不住吧。至少也要試著阻止他的腳步──琉特如此心想開了口。他打算將狀況告知亞人砲兵隊與獸人弓兵，對他們發出指示。然而就在此時，有如琉特的困惑傳達到了似的。

櫂人忽然望向下方。

（──……啊！）

看到那張臉龐後，琉特想起來了。

在最終局面裡、直到現在才總算——

（——……我，忘記了。）

『不過，我沒事喔……到頭來，我還是我啊。』

那是發生在世界樹的一幕。面對琉特之妻艾茵的詢問，櫂人如此回應。

他有如感到困擾似的露出傻笑。看到那張臉龐後，琉特暗自鬆了一口氣。

看起來像是好好先生般的表情，確實是瀨名櫂人之物。

當時，琉特忽然強烈地有了一個想法。

這副笑容——把它牢記在心吧。

不論發生什麼事，都不要忘掉它。

雖不知是為什麼，但他確實是這樣想的。

（明明是這樣子的，我卻……）

為何忘記了呢，為何不對櫂人搭話呢，為何連話也不跟他說呢？是被變成【狂王】的少年所擁有的壓倒性力量所震懾嗎？然而，這種事連藉口都稱不上。

在不久前，明明也有機會讓自己回想起來。

『保重嘍，琉特！你太太會難過的，所以盡量別受傷喔！』

那不是無視世界未來的人類所能編織出來的話語。

（為何忘記了！不只如此，我……我實在是忘過頭了！）

琉特如此心想，有如吼叫般思考。他忘掉的不只那個表情。

瀨名櫂人原本是何物。

琉特反芻以前在獸人國度確認過的情報。瀨名櫂人在異世界遭受虐待，然後被殺害。之後被「拷問姬」作為「無瑕靈魂」召喚出來，變成隨從。

他原本只是沒有力量的少年。是沒受到任何人的庇護，成為犧牲品的可悲小孩。在這世界裡，在他這種年齡有如大人般工作、生活的人也很多。然而，他原本就是不同的。而且年紀輕輕就為了世界將自己壓榨、磨耗到極限的人，就算是在這裡也不存在。

明明是這樣子才對，每個人卻都忘了這個事實。

應該要守護這個世界的大人齊聚一堂，

「櫂人閣下！」

「不能過去啊，瀨名．櫂人閣下！」

伊莎貝拉也跟琉特同時大喊。琉特猛然回神望向隔壁，她嚴峻地繃緊半數被機械覆蓋的臉龐。伊莎貝拉恐怕也察覺到了同一件事吧。

他們將世界這個重擔放到了一名少年的背上。

將身為軍人的自己，原本應該要背負的事物放到了他的背上。

瀨名櫂人沒有回應滲出後悔與懺悔的叫聲。

他只是——

有些困擾地露出傻笑。

略微煩惱後，櫂人做出反應。他用孩子般的動作猛揮手。就算在異世界，這個意義也是共通的。正是因為如此，琉特他們倒抽了一口氣。櫂人拚命地揮著手。

他這樣說——

再見。

＊＊＊

神之御柱被白色羽毛與紅色薔薇覆蓋，櫂人在它前方滯空。

黃金姬被囚禁在複雜地糾纏在一起的荊棘夾縫中，被羽毛與薔薇裝飾的她沉眠著。被綁起來的模樣看起來像是睡美人，也像是被處以釘刑的聖人。

櫂人在貞德．多．雷悽慘的模樣面前彈響手指。蒼藍花瓣閃過他的手腕。櫂人將魔力連同血液一起變換為花瓣，將它送進貞德的唇瓣裡。花瓣在她的口腔內融化。貞德微微睜開眼睛，櫂人「嗨」了一聲，悠哉地舉起單手。

「好久不見了，貞德。」

「……是『你(Mister)』，為……何？」

「抱歉啊，貞德。我也覺得自己老是伊莉莎白、伊莉莎白地把她掛在嘴邊。不過呀，我也是有好好地在擔心妳喔，或許沒有說服力就是了……不過伊莎貝拉有連我的份一起，每天都在擔心著妳。就這樣饒過我吧。」

「……你，是……笨，蛋，嗎……我在，問，為何……你會……在這，裡。」

貞德一邊從唇瓣流出血，一邊如此詢問。櫂人並未回答這個問題。

他在臉上盈滿曖昧笑容，有如在詠唱祈禱詞似的開始述說。

「『為了繼續安穩地沉眠，神會希望「契約」繼續進行下去。然而，契約的對象卻不拘。因此只要有締結契約的瞬間不會壞掉的人存在，就有可能將重擔推給對方』——也就是說，可以用【神】的力量壓制【惡魔】。」

櫂人流暢地陳述從聖女口中聽聞的情報。是無法理解其意嗎，貞德瞇起眼睛。然而，他卻沒加上半點說明。

櫂人只是啪嚓一聲彈響手指。

從貞德身上長出來的羽毛一齊化為白色朝四周飛散。現場發出喀嚓喀嚓喀嚓喀嚓的聲音，無數不可視的枷鎖陸續被解除。這次貞德真的驚愕地瞪大雙眼。

與神的契約硬是被轉移了。

那個對象，在這裡僅有一人。

「愚昧的你（Hanged Man），該不會——！」

「辛苦了，貞德。妳已經可以回去嘍。」

櫂人如此說道，簡直像是很平常地在打招呼似的。定睛一看，他的臉頰上有一部分長著白色羽毛。然而他卻控制著神力，一邊將變形控制在最低限度，一邊低喃。

「伊莎貝拉她……初戀的對象在等著妳。」

「——【不是這種問題吧，你這混帳】！」

貞德不像她地拚命伸出手，然而那些指尖卻撲了個空。

荊棘放開了她。柱子已經是空殼，不需要活祭品了。

貞德就這樣墜落，金色女孩有如被擊中的鳥兒般墜落。然而，卻有一道光宛如流星般衝至墜落地點。伊莎貝拉在貞德接觸大地前接住了她。

簡直像是騎士抱緊公主般的一幕。

她確認了貞德的呼吸。撫胸鬆了一口氣後，伊莎貝拉將黃金秀髮與渾身是傷的軀體一同緊擁入懷。貞德慌張到好笑的地步，一邊打算說些什麼。

眺望那副模樣後，櫂人有如感到敬佩地低喃。

「還挺好的不是嗎……好像有戲呢。」

嗯嗯嗯地點頭後，櫂人挺直背脊。他一把抓住臉頰長出的羽毛，噗滋一聲拔掉它們。大量鮮血噴出，然而櫂人卻對此事毫不在意。

他重新面向惡魔御柱。櫂人接近被荊棘裹住的中央。

一名少女沉眠於其中。是擁有黑髮與白皙股膚，以及紅色眼眸的女性。

是瀨名櫂人最重要的憧憬之人。

「辛苦了，伊莉莎白，我來接妳嘍……放心吧。或許妳會生氣就是了。」

他曾經放下豪語要拯救世界，要拯救一切。

然而，瀨名櫂人卻無法下手殺掉伊莉莎白・雷・法紐。

既然殺不掉……

那就——

他在這裡宣布沒對任何人說過的，唯一的答案。

「因為『惡魔』與『神』這兩方，都會由我接收。」

這正是瀨名櫂人決定的任性之舉。

這重擔比聖女曾經背負過的重擔還要重。

從教會流出的極機密【皇帝】相關資料

【皇帝】

被弗拉德．雷．法紐與其麾下所召喚，
十四惡魔中的最高位。是現今與魔術師們
有過契約紀錄的惡魔之中，力量最強大的存在，
被稱之為【人類所能伸手觸及的最高價值】。
就算在吃過惡魔肉的魔術師之中，也只有天賦特別高、
適應性也很強的人才能實現其召喚。
現世之際，會形成雙眸中盈滿地獄火焰的黑犬姿態。
大小可以自由變幻，也能長出酷似蝙蝠的翅膀飛行。
自稱是【至高獵犬】。
雖受到召喚者影響而擁有高傲氣質，
但他原本就絕不可能理解人類的情感。

某個丑角的陳述

「他雖然受到我的影響，卻難以說是全然相同。
另外，就算與其他惡魔相比，也可說他是更加『例外』的存在。
我訂下契約時拒絕與他融合，就是這種變化的起源。
在下位世界得到血肉、擁有理性與知性的存在，
最終仍會被放進名為個性的模具之中。
而且，他又得到了另一名契約者。
結果他終於走到這一步，理解了『憎恨』。
那麼，這有著何種意義，我也不知道就是了……
既有趣又諷刺吧，
就像『惡魔會超越人類想像的範疇』『有時也會理解人類』呢。」
「明明連人類都不去理解人類的說。」

12 瀨名櫂人的「故事」

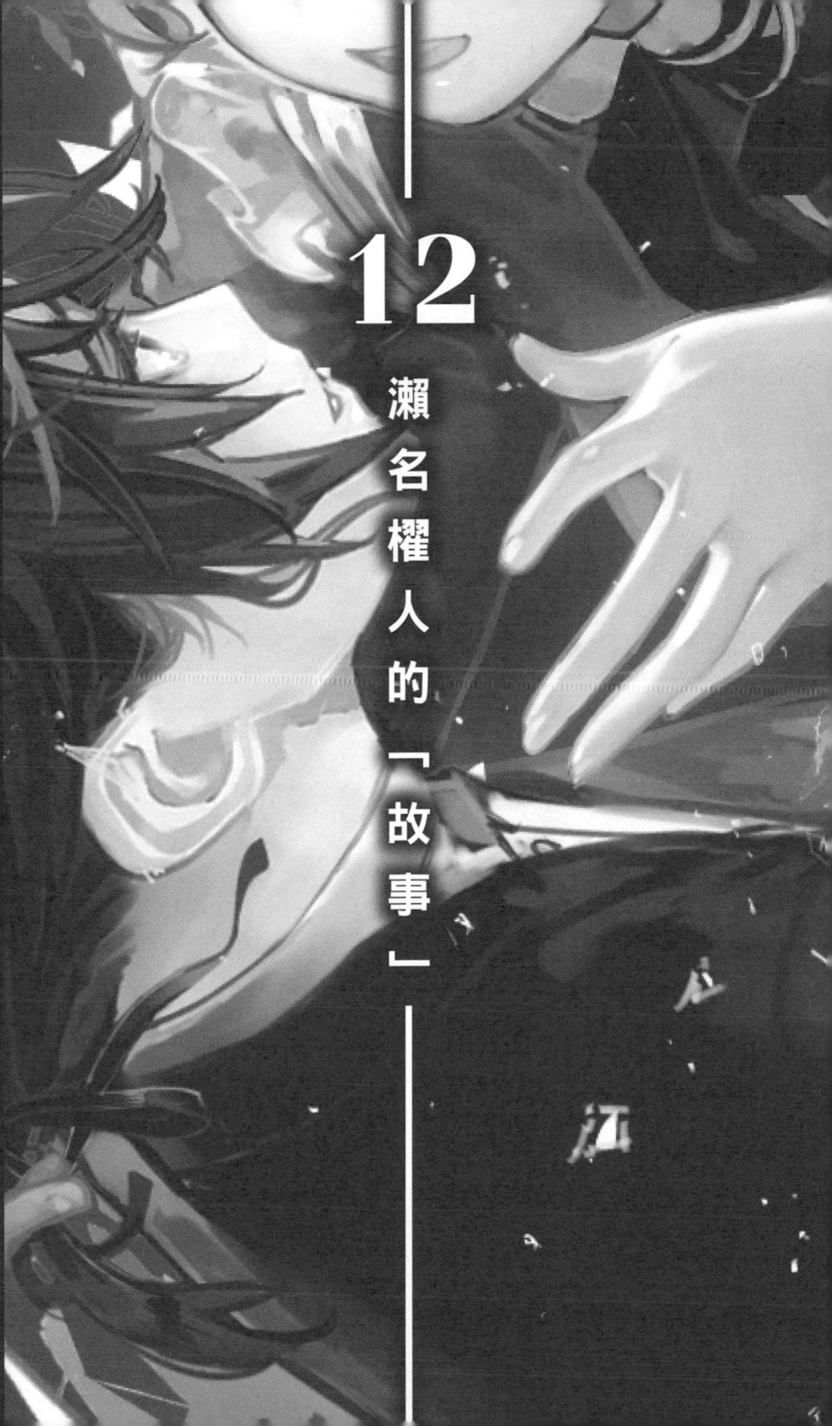

來說個故事吧。

這是被人類悽慘地殺害的少年，跟殘酷地殺害人類的怪物的故事。
或是被雙親捨棄的小孩，跟被世界捨棄的英雄的故事。

不管是哪一邊，都是憧憬跟愚昧之舉的故事。
是愛的故事，卻不是戀愛物語。

是總有一天會被歌詠為「那是好久好久以前的故事了」的物語。
是過於醜惡的悲傷逸話。
是稱之為童話，未免也過度扭曲的故事。

＊＊＊

瀨名櫂人舉起手，他筆直地朝伊莉莎白伸出手臂。

櫂人無意做最後的告別，說到底這只不過是他的獨斷獨行。伊莉莎白必定會憤怒吧。正是因為如此，櫂人將想要說話的情感與感傷都割捨了。

他只是將被荊棘囚禁的身影烙印在眼底，櫂人就這樣打算彈響手指。

就在此時。

現場傳出實在是過於懷念的聲音。

「少……………開……………玩……………笑，喔。」

「啥啊？」

櫂人不由得發出傻氣聲音。在他面前，被囚禁的人動了。這原本是不可能發生的事。畢竟就算被柱子強制性地延長性命，現在的她也沒有心臟。即使如此伊莉莎白仍是睜開眼皮，這究竟是多大的意志力啊。

嚴苛紅眸映照出櫂人。

呃——他果然還是發出了傻氣的聲音，櫂人用一如往常的不敬口吻說道：

「我說，妳啊……應該說是精神力還是體力呢，不會有點太強大了嗎？」

「你，這個，笨蛋，余……確實說過，要給你喔……還叫你，要拯救，世界。」

「嗯，妳有說呢。不但給了我心臟，還說了這些話。」

「不過，有誰叫你……背負起……這一，咳咳！」

就在此時，伊莉莎白咳了起來。有如代替鮮血般，大量羽毛從肺部溢出。她一邊飛散出黑色羽毛，一邊瞪視他。真傷腦筋——櫂人報以微笑。

被囚禁於御柱時，伊莉莎白將心臟交給了他。然後這樣告知。

——要吞下去或是吐掉，就看你了。不過，可以的話活著吧，櫂人啊。

——用那個拯救世界吧。你有做到這件事的力量，還有沒必要的毅力。

——你是世界第一的笨蛋——也是余自豪的愚鈍隨從。

那道聲音，簡直像是在鼓勵抱住膝蓋發抖的孩子似的。然而，她並沒有想要他救出自己。不如說應該是怪物將劍遞給英雄，有如期待死期般等待著才對。

她肯定是認為他會折斷惡魔御柱。然而，這個想法太天真了。

瀨名櫂人不可能像伊莉莎白想的那樣去做，即似如此，她仍是重複述說。

伊莉莎白只憑藉她聽到那些話語所感受到的憤怒，就移動了瀕死的身軀。

「余有，說，過吧……要持續背負著罪孽，是很，沉重，的。」

現況是所有種族培育至今的罪惡開花導致的結果。處罰追上了怠惰與無知。所謂的羊群就是愚昧之物。打算一肩扛起指向他們的原罪的罪責，只能說是莽撞。

就這樣永恆地活著實在是太痛苦了。而且，櫂人本來就跟這個世界毫無瓜葛。這一切都是打從起始就存在的罪，但他毫無任何義務背負起它們。

伊莉莎白有如祈禱似的閉上眼皮，她用細小的聲音繼續說道：

「……實在不是你能背負起來的事物喔。」

「我揹得起來。」

櫂人乾脆地回應。那道聲音實在是太過斷定，伊莉莎白有如被電到般睜開眼皮。她望向他的臉龐。在那瞬間，伊莉莎白有如哭泣般扭曲臉龐。

她有所領悟，領悟到時間實在是太無情。

不變的事物，早已不復存在。

「在不知不覺中……變得能做出……這種表情，了呢……荒唐。」

「我也不曉得。不過，我覺得就是因為這樣，才會有自己能保護的事物。」

櫂人的表情不是過往那名無力少年之物，完全就只是人類冷靜地做出覺悟時的臉龐。是品嘗劇痛、死過無數次、也見過數不清的悽慘光景、到最後連恐懼跟絕望都被塗掉的表情。

事到如今，已經沒有任何話語能傳進那顆心了吧。

伊莉莎白垂下臉龐，然後她喃喃低語。

「余……不是為了這種事，而召喚，你的。」

「……嗯。」

「只是為了，照料余的……生活，起居，而已。」

「啊……到頭來，我菜還是做不好呢。」

「老是……學會一些，多餘的，事情……愚鈍的，隨從。」

「嗯，只有妳——」

不會稱呼我為【狂王】呢。

如此心想後，櫂人點點頭。在那瞬間，他彈響手指。肋骨發出喀啦喀啦的聲響，從他的胸部分成兩半。那些肉朝空中爆開，骨頭完全開花。脈動的臟器從內側現身。

它化為紅色花瓣，飛進伊莉莎白口中。

心臟恢復原狀，收納在她空盪盪的胸口。

「那個還妳嘍。」

「——唔！」

櫂人的身體已經連心臟都不需要了，他已經達到了這種領域。

這個事實令伊莉莎白顫抖。如今的他，很適合當背負神跟惡魔的容器。然而——

他是瀨名櫂人。

就只是瀨名櫂人。雖然徹底蛻變，卻也什麼都沒有改變。仍是傻呼呼的，個性善良又愚蠢的，她的隨從。明明是這樣才對，他卻用老兵般的沉穩聲音說道：

「謝謝，伊莉莎白。」

「答應余的事你打算怎樣！」

伊莉莎白突然用清楚的聲音大吼。她抬起低垂著的臉龐。伊莉莎白並未哭泣，她用注入嚴苛怒火與憤慨的眼睛瞪視櫂人。

「你不是說過嗎！直到最後都會陪伴在余的身旁，是你自己說的啊！」

『哎，像這樣被妳召喚，復活返回人世也是某種緣分……………我就盡可能地長伴妳身邊，直到妳踏上通往地獄的道路吧。』

那是在遙遠的昔日，兩人做下的約定。

討伐完【皇帝】後，櫂人在城堡內如此向她起誓。

伊莉莎白・雷・法紐滿是血腥的生涯中，總是有著一名愚鈍的隨從。

這樣也不壞嘛——櫂人如此心想。

雙方都沒有提過，但他跟她都曉得。

曉得兩人都是這樣想的。

「沒問題，我會遵守約定的喔。」

櫂人沒有動搖地如此告知。是要怎麼遵守——伊莉莎白開口。她要問——你打算怎樣守住這個約定。然而就在此時，她察覺到自己這個提問中的愚昧。

世界重整後，聖女持續沉眠於結晶中。

背負一切之人，已經連死亡都做不到了。

在伊莉莎白・雷・法紐滿是血腥的生涯中——

從今而後，他都絕對不會消失。

「你這個——稀世的大笨蛋啊啊啊啊啊啊啊啊啊啊啊啊啊啊啊啊啊啊！」

「伊莉莎白。愚鈍的隨從，的確直到最後一刻都陪在妳身邊。」

伊莉莎白將顫抖的手臂伸向前方，櫂人舉起手掌。【拷問姬】拚命掙扎，她打算抓住遠方的手掌。荊棘不停歇地陸續纏上她。

仍然折斷的手指碎裂，鮮血噴出。然而，她仍像那時一樣反抗到底。

即使如此，櫂人的身影仍然好遠。

他輕輕一笑，打算彈響手指。

然而就在此時，櫂人有如忽然想起某事似的開口。

「噢，對了，雖然對夢中的妳說過……在現實世界裡卻沒講過呢。」

「講，什麼，講……什麼。」

「我最喜歡妳嘍，伊莉莎白。」

那是有如用長劍刺穿身軀般的話語。

是實在過於殘酷、又溫柔的真心話。

伊莉莎白悲痛地望著櫂人，確認他的表情。

瀨名櫂人簡直像是孩子似的微笑著。

有如雙眼發亮望著自己憧憬的英雄似的，就這樣——

「如果是為了妳，什麼我都當得了，什麼我都做得到喔。」

「———唔！這種東西，這種事！」

伊莉莎白打算大吼。然而，櫂人卻沒把後面的話語聽進去。他只是想把話說出口而已，無意強迫對方回應。櫂人沉穩地揮著另一隻手。

「再見了，伊莉莎白。」

「這種事，余比你——」

余比你還要更喜歡。

瀨名櫂人沒去聽大吼的聲音——

就這樣啪嚓一聲，彈響手指。

＊＊＊

喀嚓喀嚓喀嚓喀嚓喀嚓喀嚓喀嚓喀嚓，現場響起無數枷鎖卸去的聲音。

黑姬果然也有如被箭射下來般墜落。

直到最後一刻，她都持續伸著手。

嘴巴在喊著些什麼，寶石般的淚亮晶晶地降下。

琉特平安無事地接住伊莉莎白。親眼見證到這副模樣後，櫂人低喃。

「妳居然會哭，還真是稀奇呢，伊莉莎白。」

她似乎在大鬧些什麼。櫂人一邊眺望那幅光景，一邊再次露出微笑。然而，他已經無法做到那個自然的笑容了。那張臉頰上張出黑色羽翼，他立刻一把抓住將它扯去。再生之力與破壞之力在櫂人體內翻騰，他淡淡地思考。

（要在條件尚未齊全的階段召喚神，就算是我果然也很困難。不過，在召喚行為本身已經結束的現在，就有可能行使神自身渴望的力量。）

如今在櫂人體內，捲動著不同於人類之物的兩種情感。一邊是渴望破壞、吞噬一切的強烈願望。用人能理解的形式做比喻的話，就近似於飢餓；另一方面是企圖抑制破壞的強烈願望。有人能理解的形式做比喻的話，就是義務感了吧。他刻意增幅這一邊的情感，惡魔之力緩緩開始收斂。

侍從兵的鳴叫聲停止了，下界漸漸取回已經開始被遺忘的寧靜。

同時，那件事發生了。

啪喀的清脆聲音響起。

「啊啊……果然。」

離「重整」之日仍然很遙遠，「神」要回歸沉眠。聖女被裹進結晶之中。

跟那同樣的事，如今也漸漸發生在櫂人身上。他活生生地開始從周圍被透明層覆蓋。輕脆聲音啪喀、啪喀地持續著，櫂人在這種狀況下獨自低喃。

「結束了……我做到，了嗎？」

他靜靜舉起手臂，蒼藍花瓣與黑暗在掌心捲起旋渦。櫂人從裡面抽出漆黑長劍。刻在窄細劍刃上的文字發出耀眼光輝，他確認它的意義。

『對我來說，一切事物都是被容許的。然而，我也不被任何事物所支配。』

「——已經不需要了喔。」

櫂人低喃，劍刃瞬間出現裂痕。【無名(Nameless)】——就只是為了拯救「一個女人」這個目的而誕生的無名長劍——完全碎裂四散。

同時，覆蓋在櫂人身上的軍服也完成變化。以魔術創造出來的衣服，有時會受到持有者的影響而變形。伴隨他的意志與魔力質量的變化，它自然而然地採取了不適合戰鬥的外形。

那是曾不斷被說「很不合適」的執事服，櫂人完全變回「愚鈍的隨從」。

他緩緩吐氣，閉上眼睛。【狂王】有如暴風般出現，然後消失。櫂人本身也明白自己得到的龐大魔力。對現在的他來說，真的已經沒有任何應該要做的事情了。

該做的事都完成了，所以瀨名櫂人開始思考。

正確地說，是在身軀被完全覆蓋為止的這段空白的時間內思考。

（如果我沒被伊莉莎白召喚的話，事情會變成怎樣呢？）

就用不著品嘗無數次足以至死的劇痛了吧，應該也沒機會目睹殘酷又悽慘的光景。然而，卻也不會覺得活著真好吧。

簡直像是空盪盪的容器被倒進水似的，

在異世界體驗過的種種記憶被收進櫂人體內。

「拷問姬」純真地笑。或是一邊流出寶石般的淚珠，一邊墜向地面。

小雛溫柔地微笑。或是橫躺在床鋪上安穩地飄盪在暖和的淺眠中。

「肉販」、伊莎貝拉、貞德、琉特、艾茵、薇雅媞——

認識的人們向他表達各式各樣的表情與話語。

他們確實在這裡。

櫂人就活在這其中。

然後，櫂人也不曾忘卻諾耶臨死前投向自己的話語。

『我、我只是覺得，希望你能夠在這邊的世界得到幸福。』

（就算是現在，其實我還是不太懂幸福的正確形式。不過，我是知道的喔。）

覺得自己能出生真好而哭泣時——

死亡才會初次產生價值。

就算它只是跟束縛「肉販」的詛咒一樣的東西——

不管那是多麼愚昧的想法，櫂人都不後悔自己的決定。

他不後悔。

只有一件事——他放心不下。

喀鏘————————————————！

此時堅硬聲音響起，水晶碎裂了。某人將裹住他的膜用蠻力打破了一部分。然而，那立刻就會復原吧。究竟是誰、為了何故，白費這個功夫呢？

櫂人慌張地回過頭。在水晶的破洞前方，可以看見天空跟黑點。是【皇帝】。是過來幹嘛的呢，他默默無語地振著翅。然而，櫂人立刻領悟到那個理由。

【皇帝】帶了某人過來。

「————————————櫂人大人！」

心愛的新娘飛過來了。

眼前是櫂人的新娘。

「——小、雛……」

「櫂人大人得到自由了，所以我也要自由地去做！」

小雛搖曳女傭服露出微笑。打破水晶的槍斧已經不在她手中了。小雛只是伸出白皙藕臂，她有如要擁抱打從心底愛著的人兒似的緊擁他。

「絕對不讓您獨自一人。」

「小、雛……」

「因為，我是您的家人。」

她如同花兒般嫣然一笑。

櫂人茫然地身軀一顫。他是明白的，必須要盡快才行。

水晶的傷口尚未閉合，只要用力推飛就還來得及。不能將小雛捲入其中，必須得讓她自由才行。如此心想後，櫂人伸出手臂。

他就這樣使勁全力——

緊擁自己的新娘。

心愛之人在懷中。這確實也是幸福的一種形式，櫂人如此心想。

（暖和，惹人憐愛，不想放開手。如果離開的話，一定會死掉的。）

他知道小雛的心情也完全一樣。

瀨名櫂人不後悔的令人恐懼。

如果說有一件事令他放不下心的話，

那就只有他的新娘了。

正因為如此，櫂人現在用快要哭泣的臉龐對自己的新娘微笑。

「小雛——可以永遠跟我在一起嗎？」

「嗯，我很樂意。不論是健康或是生病的時候，直到死亡將我倆分離為止，我都會永遠地，陪伴在您身邊！」

他們有如以吻起誓般疊合唇瓣。

兩人一如往常相視而笑。櫂人用力緊擁小雛，水晶啪喀啪喀地堵上洞穴，身體也漸漸被覆蓋。小雛在其中有如撒嬌般用臉頰貼向他的臉頰，然後低喃。

「櫂人大人，小雛很幸福，很幸福。」

「嗯，我也是。」

連視野都漸漸闔閉，漸漸被切離這個世界。

在無比劇痛與侵襲身軀的壓力之中，瀨名櫂人打從心底低喃。

「——我，能被生下來，真是太好了。」

就在此時，啪喀一聲。

水晶完全閉合了。

✦✦✦✦「瀨名櫂人」的日記

才剛想說是晴天，有的地方卻又湧出黑雲跟隨從兵的怪天氣。氣溫略低？
與惡魔的戰鬥「正值高潮」的感覺吧？

這本書這樣又那樣地被小雛塞到手中，所以我想說那就寫篇日記吧。
想不到會把伊莉莎白跟「肉販」，還有貞德都將小雛斷掉沒寫的日記
接著寫了下去。像這樣再次輪到自己後，我不可思議地害羞了起來。
肉販所寫的「就是因為這樣，我希望至少認識的人能盡量歡笑」這一段話，
我覺得自己相當能體會。
那傢伙背叛了一切。正因如此，我覺得也會有認真寫下的部分吧。
貞德也很有她自己的風格，讀了日記後，也能曉得她從當時就很在意
伊莎貝拉了呢。至於伊莉莎白……可以推測出她寫下日記的那時，
是真心打算就那樣被處死的。
「因為櫂人【會】很有精神地回到妳身邊喔。」是什麼啊。
妳才是要很有精神地回來啦。
嗯，我也覺得這變成毫無重點、對初次閱讀的人來說什麼都
傳達不到的日記。話說回來，這可以稱為日記嗎？
不過老實說，我覺得這樣就行了。
我只希望閱讀這篇記述的人務必記住一件事。

我曾在這裡。
我重要的人們也曾經在這裡。
只有這件事請務必不要忘記。
不論之後會發生什麼事。

今日餐點…………………蜂蜜與樹實、還有放上起士的餅乾、香草沙拉、酒。
伊莉莎白大人的反應…………………希望那傢伙有朝一日還能喝到喜歡的酒。
今天的愚鈍的隨從大人………嗯～我覺得不需要這個項目。
今天的愚鈍的隨從大人2………本來的名稱是「今日的櫂人大人」，但被換掉了。

那麼，我的日記就到此結束吧。
數小時後，早晨會不由分說地到來。

某人讀到這個時，我已經回不來了吧。
兩人一起讀這篇日記的日子會來臨嗎？
如果會讀到的話，
請務必，保重。
我愛妳喔。
打從心底。

終章

Fremdorturchen

世界的盡頭站著兩根柱子，白色羽毛與黑色羽毛、蒼藍薔薇與紅色薔薇飄散至冰之大地。美麗事物持續降下，簡直像是雨或是雪似的。

在華美光景裡，巨大的水晶座鎮在雙柱之間。

兩個人類沉眠於其中。正確地說一方是異世界之人，另一方是機械人偶。

他們互相依偎，幸福地微笑著。

簡直像是在象徵世上一切的幸福似的。

士兵們茫然地眺望水晶。如今，試圖滅亡世界的力量已經失落了。侍從兵悉數化為塵土，燃燒成黑色的天空漸漸取回帶有虹色薄膜的乳白色。下在地面上的結晶也是晶瑩剔透。

同時，他們也體悟到一件事。

所有種族所仰賴、面帶笑容心中卻不斷提昇疑心與殺意的對象。

擔心害怕地心想「總有一天得殺掉才行」的【狂王】。

「……就是看起來，這麼弱不禁風的，少年嗎？」

體悟到他只是一個瘦弱的人類。

伊莎貝拉緊擁貞德，就這樣垂著臉龐。弗拉德依舊面帶微笑。琉特狠揍地面，發出不成話語的吼叫聲。法麗西莎狠狠朝地面上吐口水。

還有一名少女癱坐在水晶前方。

她飄揚著美麗黑髮，目不轉睛地凝視沉眠的兩人。

誰也沒有靠近那個背部。然而，拉·克里斯托夫終究仍是站到了女孩的後面。

他維持開啟狀態沒有閉合的肋骨依舊流著血。然而，拉·克里斯托夫卻用感受不到痛楚的聲音莊嚴地告知。

「這世界受到嚴重的打擊。人類已沒有餘裕，教會的權威也早已墮至地面，所以無法採取殺害有用之人的愚昧策略。妳的處刑會被永久性地延期吧。伊莉莎白·雷·法紐……吾等至少得這樣做才行，不然就無法回報從異邦人那邊領受的恩情。」

「…………是、嗎……」

「——————在死前，成就善舉吧。」

閉上嘴巴後，拉·克里斯托夫轉過身軀。他為了照料負傷者而漸漸遠去。

伊莉莎白依舊無語，然而她卻忽然動了。伊莉莎白伸出手觸碰水晶。她用力地將手指抵住透明的表情，然而卻無法進入其中。

眺望兩人打盹的模樣後，伊莉莎白低喃。

「小雛……真是太好了，是這樣子的吧。你用不著哭泣，表示這是一件好事吧……至少兩人還能像這樣，或許是一件好事……獨自活著，也是一種處罰，嗎……不，你有云，並不是孤身一人嗎？」

『伊莉莎白。愚鈍的隨從，的確直到最後一刻都陪在妳身邊。』

伊莉莎白回想自己被告知的話語，她微微扭曲唇瓣。

伊莉莎白咚的一聲，用額頭抵住水晶。

「蠢人……你這個，蠢人。」

已經沒有聲音回應了，什麼也沒有傳回來。

即使如此，她仍是浮現微笑地告知。

「不論過了多久，你真的都是一個愚鈍的隨從呢。」

白色羽毛與黑色羽毛，蒼藍薔薇與紅色薔薇從她們的上方降下。

它們宛如祝福般，不斷飄落至存活下來的世界，

瀨名櫂人的物語就此告終。

這是好久好久以前的故事。

是憧憬與愚昧之舉，

還有愛的故事。

後記

在冬天的超級寒流病倒後，春天到了。
然後，第六集出版了。可喜可賀。
這次非常感謝各位購買《異世界拷問姬》第六集。
因為要配合後記，所以容我先進行感謝的部分。至今為止長達六集之中，繪出無數完美插圖的鵜飼沙樹老師，以及被我添了許多麻煩的O責編大人，還有完成第二本漫畫化真是感激不盡的倭ヒナ老師，各位相關工作人員，以及重要的家人特別是姊姊，在此向各位致上最深的謝意。更重要的是，請容我再次向各位讀者致謝。瀨名櫂人的故事終於閉幕了，很謝謝各位能一路相挺至今。關於「他」，綾里想寫的部分幾乎都寫出來了，真的是感慨萬千呢。
至於「異世界拷問姬」，還有後續。
有後續。（重要）
其實提出第六集的大綱後，因為故事到此漂亮地做出了一個結尾，所以如果想要在這裡結束的話是也可以，不過要怎麼做才好呢？如此心想的我，得到跟責編討論的機會。不過我還有她跟她的關係、這起事件跟那起事件、這個角色這樣又那樣大量形形色色的東西想要寫，因此提出了繼續寫下去的請求。

接下來的大綱已經整理好交出去了，也得到責編拍胸脯保證，所以我覺得能完全跟至今為止一樣的內容與速度衝刺下去，如果諸位讀者能夠放心的話我會很開心的。只不過對有些人來說，在這裡脫坑闔上書本也是一個選擇，不曉得如果這樣想的話這一集像不像樣呢。然而，如果各位不介意的話，其實希望大家能把這個世界與角色們的結局看到最後一刻，身為作者會感到很開心的。接下來我也會全力動筆寫下故事，還請各位務必多多關照。

請務必關照。

至今為止，一切都是為了「他」而寫的故事。

接下來，是為了身為另一名主角的「她」而寫的故事。

而且只要持續下去，就有一件事非得在此做出宣言才行。

真正的地獄——

其實從現在才開始。

第 1 部〈愚鈍的隨從〉篇

完

第2部〈拷問姫〉篇

序章

這是夕陽溶解為一抹紅色西墜，昏暗覆蓋周圍時發生的事。

有一道人影在夜裡奔馳。

是深深戴著兜帽，有著黑魔術師典型風貌的男人。他頻頻注意四周，一邊奔馳著。或許是為了掩人耳目所設下的障眼法陷阱發揮了功效，他沒有發現追蹤者的身影。確信這次也能逃掉後，他鬆了一口氣。然而，就在他大意之時。

纖細身影從男人頭頂降下。

某人宛如箭矢般從屋頂降落，對方用鞋根很高的靴子毫不留情地在男人上方著地。雖然勉強免於脖子被折斷，扭轉的腹部仍是被狠狠踐踏，男人發出醜惡慘叫聲，如同利刃般冰冷的聲音回應那道嚎叫。

「別像是豬玀般慘叫。處罰追上來的日子會到來，這是很顯而易見的事情吧。而且你為何覺得能逃出余的手掌心？小角色就是連實力差距都不懂，所以才麻煩。」

男人拚命地仰望對方。那個人浴沐月光，完美的黑髮散放光輝。就連好像會走光的緊縛風洋裝與裸露而出的玉膚，都因為光線而艷麗地散發出水色光澤。他用混雜著絕望與畏懼的聲音大喊：

「伊、伊莉莎白！」

「正是如此，余之名為『拷問姬』，伊莉莎白・雷・法紐。」
美貌女孩露出虐待狂般的笑容。
她就這樣用力踩住男人，堂堂正正地做出宣言。
「是高傲的狼，也是卑賤的母豬。」

＊＊＊

「抓到了喔。」
「您辛苦了！」
伊莉莎白口吐慵懶話語，同時將五花大綁的魔術師一腳踢出去。報以慰勞話語後，獸人們接近被捕的對象。鹿頭士兵將整個人被捆起來的男性帶去地牢。
真受不了——伊莉莎白轉了轉肩膀。琉特接近她，遞出熱茶。
「果然厲害。這下子通緝欄裡面又可以劃掉一個了呢。那傢伙在上次一齊檢舉惡魔崇拜所時逃掉了，光靠吾等的鼻子實在是束手無策。」
「哎，這次也是沒辦法的事。障眼法魔術正好可以用上施術者反向探測術……不過對沒有魔術技能的人而言，是不可能做到這種技巧的。那麼，這樣就結束了吧？余要去休息，吃遲來的晚餐嘍。」

「啊，新隊長閣下！吾等也是現在才要開始吃，如果您不介意的話就一同……哇！」

在幼年期遭到撕裂、有著鋸齒狀耳朵這種特徵的新兵發出開朗聲音。然而，琉特卻迅速地抓住他的後領。郊狼頭新兵搖搖晃晃地被吊了起來。

琉特搖搖頭，就像在說不能打擾對方似的。雖然覺得莫名其妙，新兵仍是老實地保持靜默。伊莉莎白有如什麼事都沒發生似的一口喝乾茶。

將器皿還給琉特後，伊莉莎白邁開腳步。然而在那個瞬間，門扉被猛力踢開。

現場響起隱約帶有人偶氛圍、同時卻又很吵鬧的奇妙聲音。

「——失敬了，伊莉莎白・雷・法在此嗎？【聽我說幾句話吧，那邊的臭女人！】」

「是貞德嗎……又從王都那邊飛過來啦。回去時要確實地把門修好。話說，這已經是第幾次了，妳這個傢伙。」

「別管這個了，請聽我說。我完全搞不懂【處女少女】。才剛覺得她有些日子很溫柔，卻又突然變得莫名冷淡，而且昨天跟今天也只打了招呼。【總覺得女人真是莫名其妙耶？是被討厭了嗎，該不會是被討厭了吧！】」

「余聽說伊莎貝拉打從昨天就很忙碌喔。還有，余覺得那傢伙原本就不是對任何人都會很親暱的類型喔。那就再見了，余要走嘍。」

用無言的表情揮揮手後，伊莉莎白從桌上一把抓起籃子。貞德似乎還打算爭論些什麼。

用視線告訴琉特接下來交給他負責後，伊莉莎白離開室內。

她平安無事地逃到走廊上。趁誰也沒有過來前，伊莉莎白將寶石丟到地板上。那是在原本就擁有充沛魔力的物品中注入鮮血，再刻下許多咒語的魔道具。著地的瞬間，移動陣就在地板上發動了。周圍撒出一整面的紅色花瓣與黑色黑暗。

色彩如同鮮血般的圓筒形牆壁完成了，它出現細小裂痕。

在那之後，現場空無一人。

就這樣，伊莉莎白的身影從獸人之地消失了。

＊＊＊

她出現在沒有黑夜也沒有白天的場所。

伊莉莎白環視由雪與水、風與魔力構成的清淨之地。頭頂是有虹膜搖曳的乳白色天空，也看不見太陽跟月亮。四周只是一味地美麗、空虛。

她沙沙沙地走在堆著纖細結晶的大地上。

不久後，伊莉莎白面前開始出現一大片異樣的光景。

以藤蔓編織而成的雙柱，宛如巨人屍骸般倒在地上。

兩柱疊合互相支撐，中央也因此完成了一個狀似神殿的洞穴。空間被殘留在藤蔓上的紅色薔薇與蒼藍薔薇點綴著，她堂堂正正地在這裡坐下。

伊莉莎白一邊用魔術維持自身的體溫，一邊打開籃子。裡面出現夾了蔬菜與水果，以及肉等配料的數種三明治。她唔的一聲瞇起雙眼。

獸人原本就喜好清淡的味道。不過比起初期，他們已經將伊莉莎白餐點的口味弄得略重些了。這陣子甚至還加上甜品，量也變多了。她指著這些食物說道：

「看吧，這個變化。余明明沒有半句怨言的說，他真的很好心吧？不愧是跟你交好的人呢。」

這語氣簡直像是在跟某人搭話似的，然而卻沒有回應。

伊莉莎白一邊思考琉特刻意去廚房那邊露臉的模樣，一邊開始吃起三明治。她同時彈響空著的指頭。伊莉莎白取出她私人悄悄記錄下來的事件紀錄簿，確認最近的記憶。

「跟以前報告過的樣子沒什麼差別呢。目前沒有值得一筆的事件……噢，這麼一說有好消息呢。這一年來混血種殺人事件急遽下降，不過至今仍是持續在發生。環境都平靜下來了，也可以說這是理所當然的結果……只不過下降的速度讓余感到莫名地不自然呢……結果本身雖是可喜可賀，不過之後還是分析一下吧。還有，今天呀——」

伊莉莎白果然還是繼續述說，就像有人在這裡似的。然而，傳回來的只有無語。

目前在薇雅媞的提議下，琉特等人分配給伊莉莎白當部下負責維持治安的任務。世界受到的傷害很深，另外重新認知神與惡魔的威脅後，新的災禍也頻繁發生。將散布於各地的重整派統合的新勢力，以及傾向惡魔的人們四處橫行。

為了處罰他們，「拷問姬」暗中大顯身手。然而，在聖騎士與人類之中，仍是有許多人無法接納她。因此，伊莉莎白在獸人之地工作著。

是基於某種罪惡感嗎，熬過「最終之戰」的士兵們對她很溫柔。另外，或許是因為對伊莉莎白與她的隨從的活躍感到憧憬，新兵們也用親切的態度跟她相處。

待在這種環境下的感覺絕對不差，然而，伊莉莎白卻盡可能地保持孤獨。

（為了保護這個世界，不要深入結交新緣分比較好吧。）

無法預知有朝一日是否會產生必須割捨某物的必要性。或者，他們那邊也有可能產生必須殺掉「拷問姬」的理由。

伊莉莎白如此擔心著。然而截至今日，世界雖然動盪不安，卻仍然保持著和平。她對這個奇蹟般的事實暗自感到開心。

畢竟這活生生又骯髒的世界——正是由他守護下來的場所。

「那麼——唔，用完餐了。這料理也不賴，不過……這些菜果然還是敵不過小雛做的東西呢。」

伊莉莎白如此低喃。然而她卻搖搖頭，取出一起放在裡面的水壺，咕嚕咕嚕咕嚕精力充沛地喝乾內容物。

她忽然放鬆身軀，背部咚的一聲撞到某物。

將身體靠在透明結晶上面後，伊莉莎白輕輕闔上眼皮。

背後的結晶裡沉眠著兩個人物。

他們保持無語，浮現在不變的微笑。

伊莉莎白面向前方，她絕對不望向後方。然而就是因為誰也聽不見，伊莉莎白才忽然吐露一句話。

簡直像是從心臟流下一滴血似的。

「…………好想見面啊。」

結晶裡的櫂人跟小雛果然還是沒有回應。

打從那一戰後，已經過了三年。

＊＊＊

「——能見到面的。嗯，能見到面的。」

城內響起銀鈴般的聲音。

有如回應方才那句低喃般的話語，以及眼前這片光景讓伊莉莎白瞇起雙眼。發生了何事呢，她有一瞬間無法理解。

在這三年中，薇雅媞的住所從行宮搬回原本居住的地方。在那裡的覲見大廳裡，整間的光線都調得很昏暗。垂簾施加了高雅刺繡，在通往王座的階梯上落下充滿幻想氣息的影子。大花朵的圖案很華美，同時也營造出像是年老巨獸般的厚重感。這個空間乍看之下毫無防備，卻有許多老練士兵藏身於垂簾背後隨時待命。應該是這樣才對，如今卻完全沒有他們的氣息。

後方的琉特等人還沒發現吧，然而伊莉莎白卻有所察覺。

（所有人都已經喪命了。）

今天法麗西莎前來薇雅媞這裡造訪。第一皇女去進行帶著變形聖騎士生存者的重整派的追蹤任務，前陣子才剛回來。你們這群傢伙也來請個安吧——因為被她像這樣傲慢卻親切地邀請，因此伊莉莎白現在帶領琉特等人來到了覲見大廳。

然而，造訪的場所卻充斥著血腥味。

伊莉莎白將紅眸望向王座。

最惡劣的結果等待在那兒，有兩名獸人倒地不起。

坐在王座上的純白之狼深深地垂著頭，一動也不動。軍服打扮的紅毛狐，有如要庇護她似的蓋在上面。紅與白的毛皮之間因大量鮮血而濕成一片。

然後，有兩名人類站在獸人皇女等人的前方。

一人是最初那道可愛聲音的擁有者，至於另一人——

「情報真正的價值，就是成為點子的導火線。」

他淡淡地述說。那是擁有修長又勻稱的身軀，以及陰鬱氛圍的美貌男子。然而，那張臉龐卻有一半被烏鴉面具掩去。面具被截成一半，戴著它的模樣真的很奇妙。軀體本身也覆蓋著又黑又沉重的服飾，那是不可思議地令人聯想到醫生或是學者的裝扮。

不知為何，他甚至沒有想要逃走的樣子，而是在滿地鮮血的現場開始演說。

「三種族聯合軍的組成是一樁美談吧。然而，在種族間共享複數情報，並且將其流出只能說是判斷有誤。特別是異世界人的可能性與惡魔肉的相關情報，應該要隱匿起來才對——因為如今有許多人已經得知只要將習慣疼痛的異世界人靈魂放進不死之軀，再讓那個人與惡魔訂下契約，接著再將攝取惡魔肉、凝聚大量痛苦之人的心臟放進去，就能以這種方式人工製造出『世界的變革者』。」

那道聲音與外表很匹配，既陰暗又沉重。

琉特他們仍然楞在原地，與現場格格不入的男人的話語加速了他們的混亂。然而，伊莉莎白卻正確地掌握他敘述的內容，並且發出咂舌聲。

關於異世界人的可能性與惡魔肉。

這正是她擔心的可能性之一。

（然而，有誰會覺得想到這個主意的人，會在情報風化前出現啊！）

除了弗拉德這種【在腦裡飼養地獄的人】以外，應該無人會察覺到這件事才對。而且為了預防萬一，伊莉莎白已經處理完某件事。然而，男人卻自言自語地說道：

「或許妳會覺得無意義，不過『身為異世界人』這件事其實很重要。活在這世上的生者，都在不知不覺中讓想像力變狹隘，畫地自限。只要不破壞自我，就無法逃離無意識設下的枷鎖。然而，異世界人就不同了。『自身已死，重獲新生』。『這次一定要做到想做到的事』。這種深信不疑的念頭正是萬能的免罪符，會形成為了取得無限之力的魔術性基礎。」

「然而，為了達到這個目的，余一開始就回收了所有『初始惡魔』的肉！如今應該已經不可能取得強力的惡魔肉了才對！」

伊莉莎白如此吼道。男人表示佩服，有如褒獎般沉著地點頭。

「這個著眼點很不錯。對我來說，這邊也是最重要的問題。拿走肉的重整派也被你們率先控制住，這種手腕可以說值得稱讚。然而在這種情況下，另一個情報就變得重要了。王都之戰的紀錄——也就是『惡魔之間的交配』。」

伊莉莎白不由得瞪大眼睛。那是不只是她，連世界都忽略掉的情報。

兩名惡魔契約者不但自我崩壞，互相融合的肉塊之間還產生了擁有強大力量的孩子。這是極為罕見的案例。然而末日的展開就在眼前，因此誰也沒有把注意力放在上面。

是察覺到伊莉莎白的動搖嗎，男人「也是呢」地點點頭。

他宛如在對無能者們上課般，嚴肅地繼續說道：

「讓男女召喚低級惡魔，再破壞雙方的自我，讓他們創造出兩個孩子。接著再讓孩子們互相交配。只要不斷持續這種行為，就有可能產生既純粹又強大的惡魔。就最終結果而論，總算完成了擁有目標之力的惡魔。然而，這畢竟比老鼠交配還要花功夫。誠如妳所見，走到這一步為止，一共花費了三年之久。」

男子悲傷地搖搖頭，就像打從心底悲嘆似的。然而，卻有人有如安慰般輕撫那隻手臂。是站在王座旁邊的那名、最初那道聲音的擁有者。

「不要緊的，父親大人。別悲嘆，因為我有好好地來到這裡。這就是一切喔。只要結果好，那一切就是好的！而且，事情從現在才開始嘛！」

那名人物是幼小的少女。她穿著被花邊與緞帶蝴蝶結妝點、因此難以看出其原本風貌的藍色束縛風洋裝。就伊莉莎白的印象而論，那是過度裝飾的外表，然而卻很可愛，也很有少女的氣息。她的頭髮是白色的，眼睛則是紅的。是先天性的嗎，她看起來欠缺色素。

她用很適合被點綴成可愛外貌的聲音，有如歌詠般述說。

「我有聽過妳的事喔，伊莉莎白。那是相當悲傷的故事。我是這樣想的呢。就算世上沒有半個人這樣想，我也有好好地為了妳而這樣想喲。我覺得那個故事啊，還是別就那樣結束比較好呢。因為悲傷的事就是很悲傷喔。不管如何粉飾，還是會想要哭泣呢。所以，一定會見到面的！」

少女渾身沾滿濃厚的血腥味，一邊浮現沒有一絲一毫邪氣的笑容。

少女輕盈地將白皙手臂伸向前方，用溫柔的聲音對她低喃。

「伊莉莎白，會讓妳見到面的！就由我！讓妳見到，重要之人！」

「……妳是何人？」

伊莉莎白只低聲詢問了這句話。少女吃驚地瞪大眼睛。然而眨了眨眼後，她緩緩拎起裙角，行了一個生硬，不過果然還是惹人憐愛的禮。

「是呢，首先得報上名號才行。妳也是這樣，既然如此，我也應該這樣做。我的名字是愛麗絲．卡羅。是臭男人理想中的少女，同時也是應該被丟石頭的罪惡深重的妓女——不過，這是從『父親大人』那邊得到的名字，還有這是我自己想的台詞。佚失的本名是『結城紗良』。」

「結城．紗良？等等，——那個不自然的發音……報上的名號……妳該不會是——」

「對身為【拷問姬】的妳來說……是呢，就算一樣也很奇怪呢。完全照抄很怪嘛。所以呀，身為『轉生者』的我應該這樣說才對，我呀……」

少女開心地發出銀鈴般的輕笑。

然後，少女用純潔無瑕——完全沒背負這世界的原罪——的口吻做出宣言。

「————是【異世界拷問姬】喔。」

就這樣，新的舞台開幕了。
那是不知能否稱之為好久好久以前的故事的醜惡物語。

來說個故事吧。

是懺悔與夢想——
還有憎惡的故事。

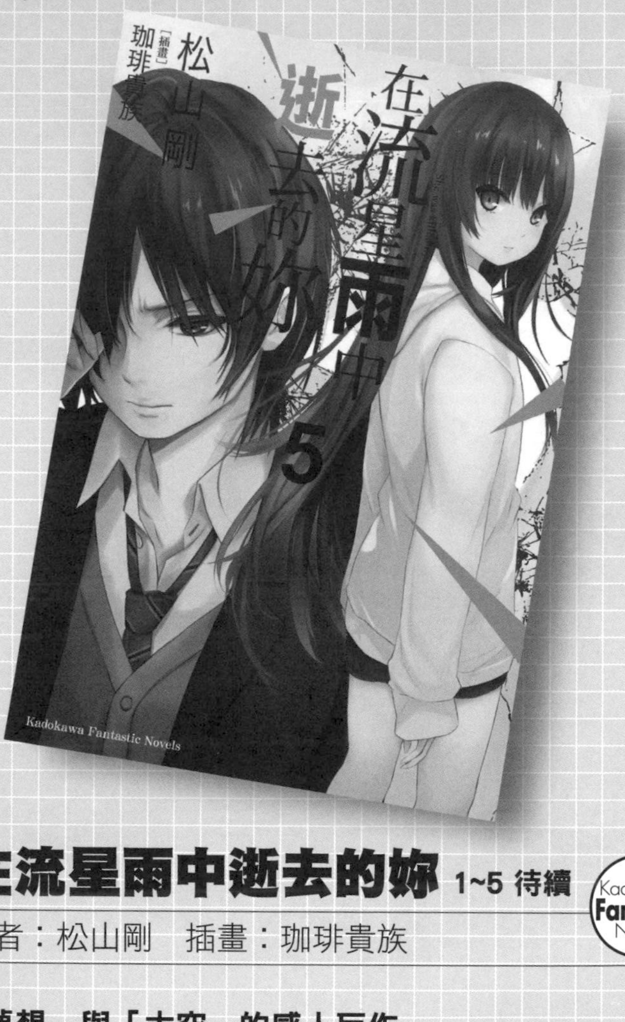

在流星雨中逝去的妳 1~5 待續

Kadokawa Fantastic Novels

作者：松山剛　插畫：珈琲貴族

「夢想」與「太空」的感人巨作，
迎來最高潮的第五集！

平野大地回到高中時代。神祕學妹「犂紫苑」出現，說了「我就是蓋尼米德」告知自己的真面目……與幕後黑手「蓋尼米德」的對決、伊緒的失蹤、潛入Dark Web、黑市拍賣、有不死之身的外星生命、手臂上出現的神祕文字、來自過去的可怕反撲——

各 **NT$250/HK$83**

助攻角色怎麼可能會有女朋友 1~3 完

Kadokawa Fantastic Novels

作者：はむばね　插畫：sune

「平地同學，這次……我要主動出擊了。」
嚴重缺乏自覺的誤會系戀愛喜劇迎來完結！

庄川同學的妹妹——真琴學妹不是魔光少女。（是普通人！）為了實現她的戀情，我連暑假出門旅行都是助攻的命。在夏天必備的活動當中，我的助攻還是一樣完美！由於庄川同學跟好乃同學的發言，我們之間的關係迎來巨大變化——

各 **NT$200~220/HK$67~73**

理想的女兒是世界最強，你也願意寵愛嗎？ 1~3 待續

Kadokawa Fantastic Novels

作者：三河ごーすと　插畫：茨乃

「好久沒有互相較量了——來吧。」
冬真和雪奈，終極的父女爭吵即將揭幕——！

冬真在統括學生會長古蘭．瑪麗亞的計謀之下，與半數以上的人類為敵，甚至陷入和愛女雪奈刀刃相向的狀況？受到囚禁的卡秋雅和隆美爾則各自暗中活動，黑子和亞蓮娜也為了完成自己的職責展開行動。面對人類的存亡危機，無敵的父親將解放真正的實力！

各 **NT$220~240/HK$73~80**

國家圖書館出版品預行編目資料

異世界拷問姬/綾里惠史作 ; 梁恩嘉譯. -- 初版. --
臺北市 : 臺灣角川股份有限公司, 2021.04-
冊 ; 公分. -- (Kadokawa fantastic novels)
譯自 : 異世界拷問姫
ISBN 978-986-524-341-8(第6冊 : 平裝)

861.57 110002081

Kadokawa
Fantastic
Novels

異世界拷問姫 6

（原著名：異世界拷問姫 6）

2021年4月26日 初版第1刷發行

作　者：綾里惠史
插　畫：鵜飼沙樹
譯　者：梁恩嘉
發行人：岩崎剛人
總編輯：蔡佩芬
主　編：朱哲成
美術設計：黃永漢
印　務：李明修（主任）、張加恩（主任）、張凱棋
發行所：台灣角川股份有限公司
地　址：105台北市光復北路11巷44號5樓
電　話：（02）2747-2433
傳　真：（02）2747-2558
網　址：http://www.kadokawa.com.tw
劃撥帳戶：台灣角川股份有限公司
劃撥帳號：19487412
法律顧問：有澤法律事務所
製　版：巨茂科技印刷有限公司
ISBN：978-986-524-341-8